千年學府文庫

# 詩學講義

宗威 著
向鐵生 整理

湖南大學出版社·長沙

圖書在版編目（CIP）數據

詩學講義/宗威著；向鐵生整理. —長沙：湖南大學出版社，2023.11
（千年學府文庫）
ISBN 978-7-5667-3219-4

Ⅰ. ①詩…　Ⅱ. ①宗…②向…　Ⅲ. ①詩歌研究—中國　Ⅳ. ①I207.22

中國國家版本館 CIP 數據核字（2023）第 162104 號

詩學講義
SHIXUE JIANGYI

著　　者：宗　威
整　　理：向鐵生
責任編輯：王桂貞
印　　裝：長沙超峰印刷有限公司
開　　本：787 mm×1092 mm　1/16　　印　　張：6　　字　　數：131 千字
版　　次：2023 年 11 月第 1 版　　印　　次：2023 年 11 月第 1 次印刷
書　　號：ISBN 978-7-5667-3219-4
定　　價：48.00 圓

出 版 人：李文邦
出版發行：湖南大學出版社
社　　址：湖南・長沙・岳麓山　　郵　　編：410082
電　　話：0731-88822559（營銷部），88821594（編輯室），88821006（出版部）
傳　　真：0731-88822264（總編室）
網　　址：http://press.hnu.edu.cn
電子郵箱：wanguia@126.com

ISBN 978-7-5667-3219-4

# 出版説明

湖南大學歷史上承嶽麓書院，書院肇建於公元九七六年，爲我國古代四大書院之一，歷經宋、元、明、清，朝代更迭，學脉綿延，弦歌不絶。一九〇三年，書院改制爲湖南高等學堂。清末民初，學制迭經變遷，黌宫數度更易。一九二六年定名爲湖南大學，一九三七年改歸國立。一九五三年全國高校院系調整，學校更名爲中南土木建築學院，一九五九年恢復湖南大學校名。享有千年學府之盛譽，承載着我國教育的發展歷程和厚重的文化積澱，是中國教育史、學術史、思想史、文化史的一個縮影。

惟楚有材，於斯爲盛。從嶽麓書院到湖南大學，一批批學者先賢在此教書育人、著書立説，人才之盛，達成之功，史有明徵，班班可考。爲表彰前賢之述作，昭示後生以軌範，開啓學海津梁，溝通中西文明，弘揚大學之道，傳承中華文化，值此嶽麓書院創建一千零四十周年暨湖南大學定名九十周年華誕之際，中共湖南大學委員會、湖南大學決定編纂出版『千年學府文庫』。兹謹述編纂原則如次：

一、以『成就人才，傳道濟民』爲主綫，以全面呈現千年學府發展歷程、辦學模式、師生成就、學術貢獻爲目標，收録反映千年學府學制變遷與文化傳承的學術著述。

二、選録人物係湖南大學及前嶽麓書院、時務學堂、湖南高等學堂、高等實業學堂、優級師範學堂、高等師範學校、公立工業專門學校、法政專門學校、商業專門學校、國立商學院、國立師範學院、省立克强學院、私立民國大學、省立音樂專科學校、中南土木建築學院、湖南工學院、湖南財經學院之卓有成效并具有重要影響之師生員工。已刊者選印，未刻者徵求，切忌貪多，惟期有用。

三、收録文獻，上起九七六年，下訖一九七六年，既合千年之數，更以人事皆需論定。

四、收録文獻，以學術著述、校史文獻、詩文日記爲主，旁及其他，力求精當，不務恢張。

五、收録文獻，有原刻者求原刻影印，無原刻者求善本精印，無善本者由本校校印。排版形式根據著述年代而定，古代著作采用繁體竪排；一九一九年至中華人民共和國成立前，原則上簡體横排，根據版本情況，亦可用繁體竪排，規範標點；中華人民共和國成立後的著作，用簡體横排。

六、文獻整理，只根據底本與參校本、參校資料等進行校勘標點，對底本文字之訛、奪、衍、倒作正、補、删、乙，有需要説明的問題，則作出校記，一般不作注釋。

七、收録文獻，均由整理者撰寫前言一篇，簡述作者生平、是書主旨、學術價值、版本源流及所用底本等。

八、『千年學府文庫』圖書，尚待徵求選定，徵求所得，擬隨時付印，故暫無總目。

『千年學府文庫』卷帙浩繁，上下千載，疏漏缺失，在所難免，尚祈社會各界批評指正。

『千年學府文庫』編輯出版委員會謹識

二〇一六年十月

# 前言

## 一、宗威的生平

宗威（一八七五至一九四五），原名嘉儀，字子威，一字子畏，别署是我，常熟人，爲南宋抗金名將宗澤第二十六代孫。常熟宗氏家族乃文化世家，宗威祖輩及父輩均有詩名。祖輩宗廷輔，字子贊，號月鋤，清同治六年（一八六七）舉人，博學多識，工詩善文，有《宗月鋤先生遺著八種》，包括《古今論詩絶句》《三橋春游曲唱和集》等。祖輩中尚有知名女詩人宗婉和宗粲等。父親宗汝成，秀才，親歷太平天國戰亂，有詩《哀尸吟》名世。著有《群玉山房詩詞雜鈔》，今不存。宗威生於同治甲戌十二月十八日（一八七五年一月二十五日）。幼習舊學，曾在同邑俞鍾詒家作塾師，《俞調青丈〈琳琅新館詩集〉題後》載：『十載齋居行坐卧。余館文家，課丈兩孫十年。』（宗威《度遼吟草》）科舉廢除後，清光緒三十三年（一九〇七）宗威於江蘇游學預備課學習日文和新學，以優等畢業，任教育會宣講員。宣統元年（一九〇九），新帝登基，清政府破例舉行了一次『拔貢』考試，宗威以常熟縣第一名選爲『拔貢』，進京朝考。宣統三年（一九一一），宗威赴河南開封知府工作，同時期加入當地的梁苑詩鐘社。此後回常熟，擔任《常熟月報》主編，該報主張立憲，以推廣教育和改良爲己任。繼入縣署任實業科科長。民國四年（一九一五），宗威受聘爲北京師範大學國學教員。在北京師範大學期間，宗威樂育桃李，春色滿園，知名作家老舍即爲宗威弟子。《老舍年表簡編》有記：『由於校長方還和國文老師宗子威等先生提倡，老舍廣泛涉獵中國古典文學，并學習用文言文寫作詩和散文。』民國八年（一九一九），舉家遷往北京。其後又在華北大學、畿輔大學執教。民國十八年（一九二九），宗威受聘至東北大學任國文系詞章教授。民國二十年（一九三一），他自遼寧至北平與家人團聚，第二年歸常熟。同年底，宗威受聘至湖南大學任教，并擔任中文系主任，舉家遷居長沙。一九三九年至一九四四年，日寇兵臨長沙，長沙戰火頻仍。宗威雖已年近古稀，依然活躍在講壇上，并於民國三十二年（一九四三）下半年，應邀奔赴藍田到國立師範學院任教，兼任國文專修科主任。當時，文學院院長錢基博盛贊道：『虞山老詩人宗子威先生，風流飄逸，逾七十而下筆不自休，矍鑠哉，是翁！』（《轉蓬集序》）一九四五年，抗戰勝利後，國立師範學院回遷嶽麓山，宗威返回長沙。一個月後的九月十六日，宗威逝世，終年七十一歲。

宗威先娶廩貢生姚錫驥女，續娶姚鴻慧爲妻。姚鴻慧，字素榆，一字蕙儂，御史姚福增孫女。能詩善吟，與宗威也是詩友。著有《聯珠集》。徐世昌《晚晴簃詩匯》贊姚鴻慧：『素榆與妹倩及茝皆有詩名。』并選録其詩作十二首。宗威有詩《先室素榆夫人遺詩入晚晴簃詩選志之以詩》記之：『賭茗翻書憶舊聞，紅閨影事緲如雲。夢回春月愁無那，詩比秋花瘦幾分。兩字苕華珍琬琰，一枝斑管到叙裙。高齋學士皆劉庾，選入蕭樓總不群。』（《度遼吟草》）宗威育有七子二女，其中一子宗子虎、一女宗之雯早夭，其餘六子一女均培養至大學畢業。長子宗之潢畢業於北京大學，後任安徽大學教授；宗之熿、宗之龍、宗子琥、宗子熊、宗子豹和宗子涵均畢業於交通大學，其中四子宗子琥抗戰時擔任滇緬公路汽車運輸總隊長，作出重大貢獻，新中國成立後任全國工商聯顧問、上海愛建股份公司副監事長。（宗威生平參考《常熟文博》一九九四年第四期宗子琥《憶先父宗子威》）

宗威出生於詩文世家，同樣以詩名世。宗威參與或創辦過多家詩社，與衆多詩人有唱和往來。宗威參加過的詩社有射虎社、隱秀社、寧卯社、瓶社、虞社、南社、梁苑詩鐘社、寒山社、梯園社、漫社、五溪詩社、萸江詩社、白雲詩社等，他更是寒山詩社、萸江詩社、白雲詩社等詩社的發起人之一。由於宗威先後任教於祖國大江南北高校，他得以頻繁參加各地的詩詞活動，進一步弘揚他的詩名。值得一提的是，宗威避難新化期間，與詩人謝玉芝、蘇鵬等人發起萸江詩社并擔任社長，編刊《萸江吟社集》五輯，在全國産生了較大影響，培養了一大批青年詩人。在國立師範學院，宗威與錢基博發起成立白雲詩社并擔任社長，主要成員有馬宗霍等，同樣影響了一大批青年學子。宗威詩學交游廣泛，在常熟，與孫雄、俞可師、丁祖蔭等詩友交往密切。走出虞山之後，宗威與樊增祥、齊白石、錢基博、劉永濟、柳亞子、曾運乾等詩人唱和頻繁。著名詩人樊增祥激賞宗威詩才，以詩贈之：『萬卷蟠胸富積儲，三唐正路野言除。文章綺麗翱翔鳳，心地靈通活潑魚。』錢基博在《轉蓬集序》中稱贊他：『以詩鳴江南冀北，而南出嶺嶠，北抵遼沈，幾乎井水飲處，無不知有宗子威者。』

宗威著述甚富，有《詩鐘小識》《夷門剩草》《度遼吟草》《劫餘吟》《燕游剩草》《詞選》《詩學講義》《小説學講義》等。《詩鐘小識》是宗威參加寒山詩社的成果，對詩鐘的體制、創作方法進行了系統總結和專題研究，是民國詩學的重要著述。《夷門剩草》是宗威在開封任職期間創作的，『多行役登眺之作』（王揖唐《今傳是樓詩話》），今已不存。《度遼吟草》是宗威應東北大學之聘，重游關外之作，今有民國十八年（一九二九）新化喚民書局鉛印本。《劫餘吟》是宗威記録時代變亂的『不平之鳴』，今有民國三十二年（一九四三）新化喚民書局鉛印本。《燕游剩草》記録了宗威北京十餘年的生活，今有民國三十三年（一九四四）新化喚民書局鉛印本。民國三十三年，教育部學術審議委員會評選三十二年度學術獎勵作品，評選主席陳天放，委員朱家驊、吴稚輝等，宗威《度遼吟草》《劫餘吟》兩書獲得三等獎。（《中華民國史史料長編》）《詞選》《詩學講義》《小説學講義》是宗威在湖南大學授課時編撰的講義，未標明時代，大致在一九三三至一九四三年之間，今存民國時期湖南大學鉛印本。

## 二、《詩學講義》的内容與特點

宗威詩名早著，詩學涵養豐厚，又輾轉在北京師範大學、東北大學、湖南大學、國立師範學院等高校任教，教授舊體詞章之學。《詩學講義》應是宗威在湖南大學任教時所編講義，署名『常熟宗威編輯』，由同文印刷公司以鉛活字代印，版心下端署『湖南大學』字樣。全書共八十一個筒子葉，每半葉十一行，行三十二字。全書約七萬字，共分十章，計『詩學之概論』『詩人時代之略述』『詩之體裁及名目』『古近體詩意境與作法之不同』『詩之命意』『詩之使事』『詩之屬對』『詩之下字』『論詩雜説』，另附『結論』。其中，『詩人時代之略述』和『古近體詩意境與作法之不同』兩章篇幅較大，共占到了全書三分之二以上。

由書名及篇章設計可以看出，宗威旨在給學生全面介紹詩學相關理論及創作方法，可謂既講研究，也講創作，呈現出一種雜糅的狀態。就分章來看，『詩學之概論』主要講詩歌創作緣起、詩歌體制、創作和研究詩歌的總體原則。『詩人時代之略述』則主要以人論詩，從漢魏一直述及清代，每個時代大致創作情況及代表性詩人與作品。全章規模兩萬餘字，可以視爲一篇小型的『中國詩歌發展史』，也是民國時期文學史寫作中的代表，遺憾的是因爲流布不廣，民國時期文學史寫作研究界一直没有論及此篇。『詩之體裁及名目』主要論述詩歌體裁，以時代、地域、風格及體制區分，也論析了部分偏游戲性的詩體，如回文、離合、建除、雙聲、叠韵等。宗威本人長於詩鐘的創作，對詩鐘有較深的研究，對游戲性詩體也非常熟悉。『古近體詩意境與作法之不同』主要論析五古、七古、五律、七律、五絶、七絶六種體裁詩歌的起源與發展，繼而討論其創作方法的不同。後面四章則分别討論了詩歌創作的立意、用典、對仗與煉字方面的問題與對策。『論詩雜説』再從嚴羽、楊載、李東陽、趙翼、王士禎、沈德潛、洪亮吉等七家詩話中摘引前述不足但值得補充的零散觀點以資參證。全書内容包藴廣泛，作者又惜字如金，使得全書類似概論，有諸多觀點而都點到即止。

既爲講義，本書呈現出典型的『講義體』寫作特色。首先是全書引用非常廣泛，從《文心雕龍》《詩品》到其後諸家詩論、詩話，作者依據篇章主題信手拈來，例證也十分豐富。如『詩學之概論』一章中，宗威從《文心雕龍》《詩序》《詩品》到《文選序》，廣引諸家論詩歌創作緣起的説法，來論述作者理解的詩道——詩爲韵文之濫觴，是文學之道的開端；詩能抒情感物，表現種種而不可自止，具有最廣泛最打動人心的力量——這就是詩歌的要義。作者的觀點往往隱藏於摘引之後，而且非常精簡有力。其次是全書的引用多爲摘引、節引甚至是意引。如第四章論陶淵明詩字句之妙時引用黄庭堅《題意可詩後》省去了『孔子曰：寧武子其智可及也，其愚不可及也』一句，而直接論『淵明之拙與放，可豈爲不知者道哉』，類似這種節引比比皆是。也有作者按自己的記憶轉引，如第四章引《師友詩傳録》時，將『常熟錢氏』引爲『虞山錢氏』，意思完全一致。有時是大段大段的引用，如第四章論五律創作時，宗威連續數段引用沈德潜《説詩晬語》達一千餘字之多。

宗威對詩歌創作和研究有着獨到的理解与把握，这在《詩學講義》中也得到深刻的體現。如第二章『詩人時代之略述』中，對鍾嶸一方面欣賞陶淵明詩歌，評爲『豈直田家之語，古今隱逸之宗』，另一方面又將之列於中品，宗威表示不理解，認爲『尚爲未愜』。原因在於陶淵明詩歌『清悠淡永，倏然絶俗，可專一壑』，并且進一步指出，『唐宋詩人摹擬者多，然夐乎不可及也。故讀陶詩難，學陶詩尤難』。這個觀點現在已成爲陶淵明詩歌研究中的公論。又如第一章『詩學之概論』中，宗威指出作詩須經歷三種境界方可言詩：

一、先於詩中求詩，古人名作不可不熟讀；二、再於書中求詩，但讀古人之詩，範圍究狹，經、史、子、集，何一非詩中真諦，一語一言皆詩之材料，非徒以驅使典實爲工；三、終於我中求詩，能作我之詩，則處處有一我，非古人非他人摹擬者，非描寫者，非使他人讀之，恍見一我，然後爲是。此言作詩，詣力之所至，論詩者以爲知言。

宗威總結的作詩三境界實際上也是對清代中葉以來盛行的詩人之詩、學人之詩和才人之詩等三種詩歌説法的回應，道出了學詩和作詩的真正路徑，非深有體會者不能説出。這也是宗威自身詩學思想的總結。宗威在《思冲齋詩鈔序》中也有與其基本一致的表述。（參見《虞社》第二百二十期，一九三六年五月）可見這一思想在宗威身上已然十分成熟，以致他反復論及。

值得補充的是，這種『講義體』寫作還可見於宗威的《小説學講義》。與《詩學講義》類似，《小説學講義》也是宗威在湖南大學授課時的講義。《小説學講義》主要研究對象是筆記小説。全書分爲十四章：一、小説之原始；二、小説之流别；三、小説之雜事類；四、小説之異聞類；五、小説之瑣語類；六、白話小説之原委；七、傳奇小説之取材；八、小説之風尚；九、小説之變遷；十、小説之命意；十一、小説之筆法；十二、小説之寫真；十三、短篇小説之略論；十四、結論。書中引用筆記小説原文甚多，在豐富的例證下加以考訂，觀點簡明扼要，同《詩學講義》篇章設計及寫作風格基本一致。

宗威是民國時期湖南大學中文系著名教授，曾擔任中文系主任，在詩歌創作及詩學研究界均享有盛名，陳三立曾評其詩『才力風骨，直追古作者，佩折何極』。宗威培養了以老舍、馬少僑爲代表的一大批優秀學子。可能是緣於作爲講義印行，《詩學講義》發行未廣，流傳稀見，國家圖書館、湖南圖書館及湖南大學圖書館都失藏。學界在研究民國詩學時多論及宗威的創作而没有提及此書，這對民國詩學乃至宗威的整理發掘是一大憾事。此次『千年學府文庫』將之納入，對於民國詩學和宗威的研究推進有積極的意義。筆者根據本人私藏本進行整理，我的研究生陳鳴、肖娜在前期做了一些文字録入工作，整理完畢後又請翟新明副教授審校一次，僅致謝忱。當然，囿於本人學識，整理工作可能還存在一定的不足，請各位讀者一并賜教。

向鐵生

二〇二三年十月十二日

# 凡例

一、本書僅有民國時期湖南大學鉛印本存世，此次整理即以湖南大學鉛印本爲底本，并取其引書廣爲參校。

二、原書涉及人名錯誤，如『儲光羲』誤爲『儲先義』、『宇文虛中』誤爲『宇文虛中』、『楊升庵』誤爲『揚升庵』、『朱竹垞』誤爲『朱竹坨』等，徑改，不出校記。

三、原書涉及朝代或時代錯誤，如『陳隋』誤爲『陳隨』、『大曆』誤爲『大歷』等，徑改，不出校記。

四、原書『己』『已』『巳』存在較多排印錯誤，徑改，不出校記。

五、原書引文衆多，且多爲節引，其不影響文義之脱文、衍文、改换字詞及『者』『也』之類虛詞，概不出校，亦不訂正；其影響文義之訛誤、脱文、衍文等則保留原文并出校記説明。

六、异體字按照《現代漢語詞典》第七版規範，徑改，以作統一。

七、文末另附參校書目，庶使讀者知校勘之依據。

# 目録

一、詩學之概論……一
二、詩人時代之略述……五
三、詩之體裁及名目……二七
四、古近體詩意境與作法之不同……三二
五、詩之命意……五一
六、詩之使事……五四
七、詩之屬對……五八
八、詩之下字……六三
九、論詩雜説……六七
結　論……七三
參校書目……七四

# 一、詩學之概論

詩之一道，所以陶寫性情，發抒美感之具也。《文心雕龍・明詩篇》曰：『大舜云：「詩言志，歌永言。」聖謨所析，義已明矣。是以「在心爲志，發言爲詩」，舒文載實，其在兹乎！』古詩尚已。葛天氏之民摻牛尾以歌八闋，其後《康衢》《擊壤》《卿雲》《南風》，以及《夏諺》《商頌》，皆古代之歌詞。迄於周世，太史采風於列國，雅、頌登諸廟堂，於是詩乃大備。餘若穆王《黄竹》、宣王《石鼓》，皆詩歌之遺。孔子之《龜山操》《獲麟歌》，亦其最著者也。故文學之道莫先於有韵之文，詩即韵文之濫觴乎？《詩序》曰：『詩者，志之所之也。情動於中而形於言，言之不足故嗟歎之，嗟嘆之不足故永歌之，永歌之不足，故不知手之舞之，足之蹈之也。情發於聲，聲成文謂之音。治世之音安以樂，其政和；亂世之音怨以怒，其政乖；亡國之音哀以思，其民困。故正得失，動天地，感鬼神，莫近於詩。』蓋詩所以感發人之心志，并以見政俗之盛衰，且以便人人之諷誦，是詩爲最普通之文學，并非如殷《盤》周《誥》，詰屈聱牙也。

沈約云：『歌咏之興，自生民始。』歌咏，其文學之最先者乎？鍾嶸《詩品》云：『氣之動物，物之感人，故摇蕩性情，形諸舞咏。照燭三才，暉麗萬有。靈祇待之以致饗，幽微藉之以昭告。動天地，感鬼神，莫近於詩。』其要旨則在人物之感動，是詩即自然之情感也。又云：『詩有六義焉：一曰興，二曰比，三曰賦。文已盡而意有餘，興也；因物喻志，比也；直書其事，寓言寫物，賦也。宏斯三義，酌而用之，幹之以風力，潤之以丹彩，使味之者無極，聞之者動心，是詩之至也。若專用比興，則患在意深，意深則詞躓。若但用賦體，則患在意浮，意浮則文散。嬉成流移，文無止泊，有蕪漫之患矣。』是作詩之旨不外賦、比、興三旨要在，能酌而用之，斯善矣。又云：『若乃春風春鳥，秋月秋蟬，夏雲暑雨，冬月祁寒，斯四候之感諸詩者也。嘉會寄詩以親，離群托詩以怨。至於楚臣去境，漢妾辭宫，或骨横朔野，或魂逐飛蓬，或負戈外戍，或殺氣雄邊；塞客衣單，孀閨淚盡；又士有解佩出朝，一去忘返；女有峨眉入寵，再盼傾國：凡斯種種，感蕩心靈，非陳詩何以展其義，非長歌何以騁其情。故曰：「詩可以群，可以怨。」使窮賤易安，幽居靡悶，莫尚於詩矣。』此則言詩之抒情感物，綜括靡遺，古今作者之意莫能外。

是故凡作詩之旨，必須原本性情，一切忠愛之心，高潔之志，纏綿悱惻之思，委曲難言之隱，一一寄之於詩，以抒寫其喜怒哀樂不可遏抑之意，未有無所爲而作者。故讀者可感可興，可喜可諤，而不能自止。詩之要義，其在斯乎？

若夫詩之字句，後世以五言、七言爲宗，而古詩則以四言爲貴，雖間有不同，特錯雜其間，非正體也。摯虞《文章流别》曰：『古之詩有三言、四言、五言、六言、七言、九言。古詩卒[一]以四言爲體，而時有一句二句雜在四言之間，後世演之，遂以爲篇。古詩之三言者，「振振鷺，鷺于飛」之屬是也，漢郊廟歌多用之。五言者，「誰謂雀無角，何以穿吾屋」之屬是也，於俳優倡樂多用之。六言者，「我姑酌彼金罍」之屬是也，樂府亦用之。七言者，「交交黄鳥止于桑」之屬是也，於俳優倡樂多用之。古詩之九言者，「洞酌彼行潦挹彼注兹」之屬是也，不入歌謡之章，故世希爲之。夫詩雖以情志爲本，而以成聲爲節；然則雅音之韵，四言爲正，其餘雖備曲折之體，而非音之正者也。』是古詩以四言爲正軌，而四言以外雖多錯見，特未嘗全篇爲之耳。

《昭明文選序》云：『自炎漢中葉，厥塗漸异，退傅有「在鄒」之作，降將著「河梁」之篇。四言五言，區以别矣。又少則三字，多則九言，各體互與[二]，分鑣并驅。』是又言四言五言等體格，漢漸區别。《文心雕龍・明詩篇》曰：『漢初四言，韋孟首創[三]，匡諫之義，繼軌周人。』是但言漢之四言詩可繼周詩，而五言一體則云：『《召南・行露》，始肇半章。』至論三六雜言，則出於篇什，亦言其濫觴於古詩也。《章句篇》又云：『詩頌大體，以四言爲正，惟《祈父》《肇禋》，以二言爲句。尋二言肇於黄世，《竹彈》之謡是也；三言興於虞時，《元首》之詩是也；四言廣於夏年，《洛汭》之歌是也；五言見於周代，《行露》之章是也。六言七言，雜出《詩》《騷》，而體之篇，成於兩漢（體上疑有闕字）』云云。是四言五言而外，推言各體，不盡出於《毛詩》也。

鍾嶸《詩品》曰：『四言文約意廣，取效《風》《騷》，便可多得。每苦文繁而意少，故世罕習焉。五言居文詞之要，是衆作之有滋味者也，故云會於流俗。豈不以指事造形，窮情寫物，最爲詳切者耶？』是品評後代之詩略於四言，而詳於五言。然發端但云：『夏歌曰「鬱陶乎予心」，楚謡曰「名余曰正則」，雖詩體未全，然是五言之濫觴也。』是則上推及夏，下逮於《騷》，未嘗言發源於《毛詩》也。

總之，詩體代有變更，《柏梁》雖爲七言之始，而其時盛行五言（漢高《大風歌》、武帝《秋風辭》亦是七言），迄魏晋南北朝相沿未改。至唐詩出，而五七言詩别成格調，若律、若絶，區以别矣。五言古外又有七言，或變古時樂府而别創新名，於是乎詩學大盛。蓋

[一] 卒，《文章流别論》作「率」，「率」是。
[二] 與，《文選序》作「興」，「興」是。
[三] 創，《文心雕龍》作「唱」，「唱」是。

詩之體格雖未盡同於古，而取義於賦、比、興則一也。叙事、抒情詩之本義盡於此矣。

余嘗謂作詩須歷三境界方可言詩：一、先於詩中求詩，古人名作不可不熟讀；二、再於書中求詩，但讀古人之詩，範圍究狹，經、史、子、集，何一非詩中真諦，一語一言皆詩之材料，非徒以驅使典實爲工；三、終於我中求詩，能作我之詩，則處處有一我，非古人非他人摹擬者，非描寫者，非使他人讀之，恍見一我，然後爲是。此言作詩，詣力之所至，論詩者以爲知言。故凡以詩求詩，非其極也。

學詩之法，不外多讀、多作、多商量。此不獨初學然，即能詩者何獨不然，然多讀多作其權在我，多商量則不易言也。良師益友何可多得，苟非其人，終難獲益。如《師友詩傳録》載郎廷槐與王阮亭及張歷友、張蕭亭問答云：『問：「學力與性情，必兼具而後愉快。愚意以爲，學力深始能見性情，若不多讀書而遽言性情，則開後學油腔滑調、信口成章之惡習矣。近時風氣頹波，惟夫子一言以爲砥柱。」漁洋答：「司空表聖云「不著一字，盡得風流」，此性情之説也；楊子雲云「讀千賦則能賦」，此學問之説也。二者相輔而行，不可偏廢。若無性情而侈言學問，則昔人有譏「點鬼簿」「獺祭魚」者矣。學力深始能見性情，此一語是造微破的之論。」歷友答：「嚴滄浪有云：「詩有別才，非關學也。詩有別趣，非關理也。」此得於先天者，才性也；「讀書破萬卷，下筆如有神」「貫穿百萬衆，出入由咫尺」，此得於後天者，學力也。非才無以廣學，非學無以運才，兩者均不可廢。有才而無學，是絶代佳人唱「蓮花落」也。有學而無才，是長安乞兒着宮錦袍也。近世風尚，每苦前人之拘與隘而轉途於長慶、劍南，甚且改轍於宋、元，是以愈趨而愈下也。」蕭亭答：有問王荆公者，杜詩何以妙絶古今？公曰：『老杜固嘗言之矣：「讀書破萬卷，下筆如有神。」』黄山谷謂：「不讀書萬卷，不可看杜詩。」看尚不可，况作詩乎！韓文公《進學解》：「上規姚姒，渾渾無涯。周《誥》湯《盤》，詰屈聱牙。《春秋》謹嚴，《左氏》浮誇。《易》奇而法，《詩》正而葩。下逮《莊》《騷》，太史所録。子雲、相如，同工异曲。」讀此，其庶幾乎。」夫曰「詩有別才，非關學也。詩有別趣，非關理也。」爲讀書者言之，非爲不讀書者言之也。』

又如《然燈記聞》何世璂述漁洋口授云：『學詩須有根柢，如《三百篇》、《楚詞》、漢、魏細細熟玩，方可入古。』『爲詩且勿計工拙，先辨雅俗。譬如女子，靚妝炫〔一〕服固雅，粗服亂頭亦雅；其俗者，縱使用盡粧〔二〕點，滿面脂粉，總是俗物。』『古詩要辨音節，音節須響，萬不可入律句，且不可説盡，像書札語。』『爲詩各有體格，不可泥〔三〕。如説田園之樂，自是陶、韋、摩詰；説山水之勝，自是二謝；若道一種艱苦流離之狀，自然老杜。不可云我學某一家，勿論那一種題，只用此一家風味也。』『爲詩須有章法、句法、字法。

〔一〕「炫」，《然燈記聞》作「明」，「明」是。
〔二〕「粧」，《然燈記聞》作「妝」，「妝」是。
〔三〕「泥」，《然燈記聞》作「混」，「混」是。

章法有數首之章法，有一首之章法，總是起結血脉要通。句法杜老最妙。字法要煉，如「氣蒸雲夢澤，波撼岳陽城」之「蒸」字、「撼」字何等響，何等確，何等警拔！』『爲詩先從風致入手，久之要造於平淡。』『爲詩須博極群書，如十三經、廿一史，次及唐、宋小説，皆不可不看，所謂取材於《選》，取法於唐者，未盡善也。』『爲詩用語要典，不可杜撰。』『爲詩須要多讀書，以養其氣；多歷名山大川，以擴其眼界；多親益友明師，以充其識見。世瑾曰：「是則然矣，但寒士僻處窮巷，無書可讀，而又無緣游歷名山大川，常恨不得好友與之切磋，則奈何？」曰：「只是當境處莫要放過。時時着意，事事留心，則自然有進步處。」』云云。以上節録數條，自見商量之益。

潘德輿《養一齋詩話》云：『詩有三境，學詩亦有三境。先取清通，次宜警煉，終尚自然，詩之三境也。先愛敏捷，次必艱苦，終歸大適，學詩之三境也。夫煉意、煉氣、煉格、煉詞皆煉也。近人專以煉字爲詩，既求小巧，必入魔障，而一味高言者，未講磨煉，遽希自然，彼詡神來，我謂手滑耳。詩第一法，不苟作而已（此非爲初學言）。名家集中，《無題》《遣興》諸作不可枚舉，然明璫、玉佩實托喻夫君臣；燕雀、桑麻仍自抒其藴蓄，蓋脂粉媟褻，究非正始之音；鄉里瑣言，何與風人之旨。此而不辨，觸處迷途。』此説亦宜參證，以見作詩之要旨。

以經生之見解詩，與以詩人之見讀詩，同一詩而較有不同。由前之説，務求精確而穿鑿附會之處，時所不免，蓋注釋愈繁，真義愈晦。鄭淫魏儉，諸家聚訟實多，即少陵『詩史』、韓偓『香匳』、義山『獺祭』、東坡『詩案』，讀史者每有見解异同之處，故固者不可以言詩。由後之説，則純乎自然，或因境地之關係，或因時代之關係，或因事實之關係，或因經歷之關係，各本其性情之流露，見聞之接觸，直抒胸臆，一以寄之於詩。或有難言之隐，則委曲引伸，使人了然於言外之意，其間忠愛之詞，牢愁之語，模山範水、托月烘雲，使讀之者如親其境，如見其人。故善感人者，莫過於詩。苟一經領悟，斷無聞古樂則思卧之意，此詩境之至真，詩首之至微者也。明乎此而可與讀詩。

詩學概要僂指難窮，拉雜書此，以爲從入之門径。

# 二、詩人時代之略述

## 甲　漢魏

詩學變遷，隨歷代風尚爲轉移。所謂『觀人詩以知風俗』，又曰『誦詩知國政』是也。古時風俗醇厚，本實未漓，故所作詩多渾樸、古雅，以理遺物，以氣馭辭，不屑屑於字句求工，往往於古拙處見其精妙。鍾嶸謂『古詩源出於《國風》』，而於西漢獨取都尉李陵并以冠首，謂其『源出於《楚辭》，文多淒怨者之流』。蓋《古詩十九首》中或云有枚乘作，然疑不能明。故鍾氏但云『李陵始著五言之目』；任昉云『五言始自漢騎都尉李陵與蘇武詩』；《文選》五臣注亦云『蘇武將使匈奴，陵與武善，故贈此詩，五言詩始此』。韓、杜亦無异辭。蘇東坡辨蘇、李之詩後人擬作，然唐以前均無异議（惟劉知幾曾辨《李陵答蘇武書》爲齊梁間文士擬作），可以覘西京之著作焉。按其詩多惜别之情，無欷歔之語，有纏綿之意，兼屬望之辭，所謂一唱三歎有遺音者矣。

鍾氏又於班姬曰：『從李都尉迄班婕妤，將百年間，有婦人焉，一人而已。』以爲源出於李陵。今讀其詩，怨而不怒，哀而不傷，詩人之旨深矣。東漢時則謂『班固《咏史》，質木無文』。秦嘉、徐淑列居中品。然伯鸞《五噫》、平子《四愁》固古調獨彈自成一體者，然與西京體格，已不相侔。

降及建安，詩人輩出，總兩漢之菁英，導六朝之先路。『陳思源出《國風》，骨氣奇高，詞采華茂，情兼雅怨，體被文質。粲溢今古，卓爾不群』，鍾氏推宗〔一〕備至。仲宣、公幹亦相并軫聯鑣。然其時風尚漸趨工緻華縟，漸露律句端倪，如子建《公讌詩》之『秋蘭被長坂，朱華冒緑池』，《情詩》之『始出嚴霜結，今來白露晞』，《贈丁儀》之『凝霜依玉除，清風飄飛閣』，《贈丁廙》之『秦箏發西

〔一〕宗：疑为『崇』之误。

氣，齊瑟揚東謳」；仲宣《雜詩》之「遭際風雲會，托身鸞鳳間」，《七哀詩》之「迅風拂裳袂，白露沾衣襟」；公幹《贈五官中郎將》之「清談同日夕，情盼叙憂勤」「明月照緹幕，華燈散炎輝」等語，已見對仗工整，音調鏗鏘，開後代五律之門徑，惟聲調有別耳。古詩字句多出自然，子建則煉字獨精，如「文昌鬱雲興」「朱華冒緑池」「驚風飄白日」「孤魂翔故域」，「鬱」「冒」「飄」「翔」各字皆千煉百煉而出，同時諸子罕及其塵，惟《箜篌引》用「驚風飄白日」，《贈徐幹》又有是句。《贈丁儀》之「驚風飄飛閣」，《侍太子坐》之「涼風飄我身」，《情詩》之「清風飄我衣」，暨仲宣《雜詩》之「日暮游西園」「從君出西園」，與子建之「清夜游西園」等語，集中疊見，句法似少變換，此以見古人之不事雕琢也。

《文心雕龍》曰：「文帝、陳思，縱轡以馳節；王、徐、應、劉，望路而争驅。并憐風月，狎池苑，述恩榮，叙酣宴，慷慨以任氣，磊落以使才；造懷指事，不求纖密之巧；驅辭逐貌，惟取昭晰之能：此其所同也。」然諸子不求纖密，而池苑風月，好語如珠。後人取其一節，於是舍才氣而尚詞華，成爲齊梁風氣。此詩道之所以一變也。

## 乙　兩晋

彦和又謂：「正始明道，詩雜仙心。」吾觀中散《游仙》，超然遐舉，步兵《咏懷》，興窮即止，所謂「嵇志清峻，阮旨遥深」是也。今讀其集，中散四言居多，雖涉峻切而托論清遠，誠如劉氏之評，與鍾嶸之言相合。阮籍《咏懷》八十二首，嚴羽稱爲高古，有建安風骨；鍾嶸以爲可以陶性靈、發幽思，魏晋之際，此才首出。

彦和又謂：「晋世群才，稍入輕綺。張、潘、左、陸，比肩詩衢，采縟於正始，力柔於建安。」其時平原、黄門，并張旗鼓，鍾氏謂「陸才如海，潘才如江」，均列上品。士衡擅長辭賦，張華稱爲「人之爲文，常恨才少，而子更患其多」，葛洪稱「機文猶玄圃積玉，無非夜光」。今讀其樂府十七首，上逼陳思，下開顔、謝，擬古諸作，能得十九首之神似，又如《赴洛道中》之「永嘆遵北渚，遺思結南津。虎嘯深谷底，雞鳴高樹巔」、《招隱》之「清泉蕩玉渚，文魚躍中波」亦雅，有律詩蹊徑而句法則古雅。若《園葵》一詩則工於咏物，又爲詩家開一法門矣。士龍文章不及機，而四言詩亦時見古茂。五言如《爲顧彦先贈婦往返四首》，情致綿邈，悠然意遠矣。

安仁辭藻絶麗，尤善爲哀誄之文，其詩則謝混稱爲「爛若舒錦，無處不佳」。鍾氏謂「益壽輕華，故以潘勝」。雖似有微辭，然曰「潘才如江」亦未嘗不滿也。今讀其《悼亡三首》，皎月凄風，空床長簟，涕下沾臆，悲來無端，誠千古之絶唱也。其《哀詩》之「灌如葉落樹，邈若雨絶天」，郭璞之「一乖雨絶天」即從此出。狀物言情，蔑以加矣。

孟陽《七哀》直摩曹、王之《叠擬四愁詩》，雖似刻畫，然神理近似。景陽《咏史》，才華高華，鍾氏謂『雄於潘岳，靡於太冲。詞采葱倩，音調鏗鏘』。抑北方之杰也。太冲賦才壯麗，而《咏史》矯健，《招隱》秀逸，氣格直逼建安。潘、陸詞華之風尚，得太冲爲之一振。此詩體將變未變之際，卓然砥柱於中流者也。

永嘉以後，詩道衰微，鍾氏謂：『時貴黄老，稍尚虚談。於是[一]篇什，理過其辭，淡乎寡味。爰及江表，微波尚傳。孫綽、許詢、恒、庾諸公詩，皆平典似《道德論》，建安風力盡矣。先是郭景純用儁上之才，創變其體；劉越石用清剛之氣，贊成厥美。然彼衆我寡，未能動俗。』彦和謂：『江左篇製，溺乎玄風。嗤笑徇務之志，崇盛忘機之談。袁孫以下，雖各有雕采，而辭趣一揆，莫與争雄。所以景純《仙篇》挺拔而爲俊矣。』按鍾氏劉、郭并列，其於琨也，曰：『善爲凄戾之詞，自有清拔之氣。』其於璞也，曰：『始變永嘉平淡之體，故爲中興第一。』但於游仙之作，尚有微辭，以爲中有坎壈咏懷，非列仙之趣。吾讀越石《扶風歌》，高邁宕逸，古意盎然。《胡姬年十五》詩，通體似唐律，而風趣自勝景純《游仙詩十四首》（《文選》録七）。其中『青溪千餘樹，中有一道士』『左挹浮丘袖，右拍洪厓肩』『神仙排雲出，但見金銀臺』『靈妃顧我笑，粲然露玉齒』等語，皆飄飄有仙氣，誠儁才也，嵇康、何劭都難抗手。

袁宏《咏史》，世稱風情所寄，孫綽、許詢評多恬淡之詞，然所傳者，寡未可齊。觀右軍、大令，不以詩名，然《蘭亭詩》《桃葉歌》亦可窺見鱗爪。晋末之英，其陶靖節乎。鍾氏曰：『篤意其[二]古，辭興婉愜。』又曰：『豈真[三]田家之語，古今隱逸之宗。』語極推崇，而列於中品，尚爲未愜，蓋清悠淡永，翛然絶俗，陶詩可專一壑矣。唐宋詩人摹擬者多，然敻乎不可及也。故讀陶詩難，學陶詩尤難。

## 丙　宋

評宋詩者謂『詩至於宋，古之終而律之始也』，又云『宋則性情隱而聲色開，爲詩運一大轉關』。吾觀劉宋一代，顔、謝爲一時之杰，明遠亦命世之英。鍾嶸謂：『元嘉初，有謝靈運，才高詞盛，富艷難蹤，固已含跨劉、郭，陵轢潘、左。』故曰『謝客爲元嘉之雄，顔延年爲輔』。其評謝曰：『其源出於陳思，雜有景陽之體。故尚巧似，而逸蕩過之。頗以繁蕪爲累。』又云：『名章迥句，處處間起；

[一] 是，《詩品序》作『時』，『時』是。
[二] 其，《詩品》作『真』，『真』是。
[三] 真，《詩品》作『直』，『直』是。

麗典新聲，絡繹奔赴〔二〕。譬猶青松之拔灌木，白玉之映塵沙，未足貶其高潔也。」其評顏曰：「其源出於陸機。尚巧似，體裁綺密。情喻淵深，動無虛散。一句一字，皆致意焉。又喜用古事，彌見拘束。雖乖秀逸，是經綸文雅。才雅〔三〕才減若人，則陷於困躓矣。」雖偶有微辭，而推崇備至。

又湯惠休評顏謝二家詩曰：「謝詩如出水芙蓉，顏詩如鏤金錯彩。」顏終身病之。延年嘗問鮑照己與靈運優劣，照曰：「謝五言如初日芙蓉，自然可愛。君詩如鋪錦列綉，亦雕繪滿眼。」顏病其言。兩家優劣，雖以此分，然《宋書》曰：「延之與靈運齊名，自潘岳、陸機之後，文士莫及也。」《靈運傳》贊曰：「爰及宋氏，顏、謝騰聲。靈運之興會飆舉，延年之體裁明密，并方軌前秀，垂範後昆。」於二人無軒輊焉。劉勰曰：「宋初文運，體有因革，老莊告退而山水方滋。儷采百字之偶，争價一句之奇；情必極貌以寫真，辭必窮力以追新。」

吾觀靈運集中，山水詩爲最，《選》樓采録，亦於游覽行旅爲多。今讀《石壁精舍還湖中》之「攀崖照石鏡，牽葉入松門」，不礙求工而饒有真趣。《過始寧墅》之「白雲抱幽石，緑篠媚清漣」、《登池上樓》之「潛虬媚幽姿，飛鴻響遠音」，則不琢而工。又如《石壁精舍》之「昏旦變氣候，山水含清暉」、《初去郡》之「野曠沙岸净，天高秋月明」、《游赤石進帆海》之「揚帆采石華，挂席拾海月」、《初發石首城》之「故山日以遠，風波豈還時」，則天機盎然，一片神行矣。

又如「池塘生春草」以單句而《傳》。考靈運嘗於西堂思詩，竟日不就，忽夢惠連，即得此句，大以爲工，以爲此有神助，非我語也。論者每云此語平平，何以獨傳，及讀全詩，下云「園柳變鳴禽」，此蓋病起後作，故於「生」字、「變」字皆有感物思人之意，其佳妙正不可思議也（此句代有評論）。

又《游赤日》之「首夏猶清和，芳草亦未歇」，今人每以四月爲清和，已誤於司馬光《初夏》詩之「四月清和雨乍晴」。按張平子《歸田賦》曰：「仲春令月，時和氣清」。謝詩言四月猶餘二月氣象，故下云「芳草亦未歇」，此天然妙語，乃沿誤至今，竟忘「猶」字謂何矣，豈不可哂。

故論謝詩而并及之顏詩，雖不及謝之自然，而正以雕繪處爲佳。考本傳，延之奉使洛陽作詩二首，文辭藻麗，爲謝晦、傅亮所賞。今讀《使洛》詩之「伊瀔絶津濟，臺館無尺椽。宫陛多巢穴，城闕生雲烟。」此以壯麗之意，爲悲凉之嘆，如讀一篇《蕪城賦》也。又

〔二〕赴，《詩品》作「發」，「發」是。
〔三〕才雅，《詩品》無此二字，應是據上下文而衍。

《還至梁城》之『故園多喬木，空城疑寒雲』『木石扃幽闥，黍苗延高墳』，許渾之『楸梧遠近千官冢，禾黍高低六代宫』似即從此得來。如《贈王太常》之『庭昏見野陰，山明望松雪』，頗近自然，而起句之『玉水記方流，璇源載圓折』，《夏夜呈從兄》之『側聽風薄木，遥睇月開雲』，雕繪甚矣。《侍游後湖》之『彤雲麗璇蓋，祥飇被綵斿』『人靈騫都野，鱗翰聳淵邱』，真所謂鋪錦列綉，雕繪滿眼矣。至《五君咏》之述竹林諸賢，語多自況，又别一牢愁鬱勃之意境焉。

小謝富捷，參軍俊逸，皆一時俊才。鍾氏謂：『小謝蘭玉夙凋，故長轡未騁。而《秋懷》《擣衣》諸作，雖復靈運鋭思，亦何以加焉。』今讀《秋懷》詩之『蕭瑟含風蟬，寥唳度雲雁。寒商動清閨，孤燈暖幽幔』、《擣衣》之『白露滋園菊，秋風落庭槐』『裁用笥中刀，縫爲萬里衣』，則情思遥深。《西陵遇風獻康樂》之『迴塘险艫栧，遠望絶形音』『行行道轉遠，去去情彌遲』，則懷人望遠，情何以堪矣。《明遠傳》稱『文辭瞻逸，常爲古樂府，文甚遒麗』。鍾嶸評爲：『得景陽之諔詭，含茂先之靡嫚。骨節强於謝混，驅邁疾於顔延。』知之最深。讀《樂府》諸篇，激楚悲哀，沉雄俊邁，吾無間矣。《吴歌》《采菱歌》又似齊梁間作，學公幹體，學彭澤體，則摹擬極工。《字謎三首》則以游戲筆墨，開後世春燈風氣，其巧亦不可及。《建除詩》又獨闢一格，是能創作者。總之，參軍集中，言志言情，感時咏物，無所不備，蔚爲詩家之大國焉。沈歸愚云：『康樂神工默運，明遠廉俊無前，允稱二妙。延午[一]聲價雖高，雕鏤太過，不無沉悶。要其厚重處，古意猶存。』則謝、鮑齊觀，具有卓識焉。

謝希逸以賦誄得名，而《北宅秘園》之『緑池翻素景，秋槐響寒音』、《蒜山》之『烟竟山郊遠，霧罷江天分』、《觀洪崖井》之『林遠炎天隔，山深白日虧』，『竟』字、『罷』字、『虧』字，真人所百思不得者。

謝宣遠文章與靈運相抗，其詩如《戲馬臺送孔令》之『輕霞冠秋日，迅商薄清穹』，《集别作》詩之『頹陽照通津，夕陰曖平陸』『誰謂情可書，盡言非尺牘』，自見佳妙。

袁陽源效子建《白馬篇》之『劍騎何翩翩，長安五陵間』，效《古詩》之『四面各千里，縱横起嚴風』，逼近士衡、太冲。

總之，宋詩麗而有則，時見律句格調，與齊梁之專事華艶不同，然漢魏風骨存者僅矣。其必流爲齊梁艶體者，亦箭在弦上，不得不發之意也。

[一] 午，應爲『年』字。《説詩晬語》作『年』。

## 丁　齊梁陳隋及北朝

齊梁之世，側艷詩工；永明一朝，風流斯茂。竟陵子良，漢之梁孝王也，刻燭成詩，擊鉢立韵，其時文人學士，都集其門。梁武帝及王融、謝朓、任昉、沈約、陸倕、范雲、蕭琛八人，號『竟陵八友』。元暉長於詩，鍾嶸評曰：『其源出於謝混。微傷細密，頗在不倫。一章之中，自有玉石。然奇章秀句，往往警遒，足使叔源失步，明遠變色。』沈隱侯常謂『二百年來無此詩』。漁洋《論詩絶句》謂李白『一生低首謝宣城』，且詩中小謝、青山屢經點染，固已心折至矣。《直中書省》之『紅藥當階翻』，世傳妙句，然『風動萬年枝，日華承露掌』亦冠絶一時。至《觀朝雨》之『朔風吹飛雨，蕭條江上來』、《郡内登望》之『寒城一以眺，平楚正蒼然』、《謝王晋安》之『春草秋更緑，王孫未西歸』、《晚登三山》之『餘霞散成綺，澄江静如練』、《和王主簿》之『花叢亂數蝶，風簾入雙燕。徒使春帶賒，坐惜紅裝變』、《贈西府同僚》之『大江悲〔一〕日夜，客心悲未央』等語，小謝清發，此之謂矣。

鍾氏謂：『王融詞美英净。五言之作，幾乎尺有所短。』或云：『融好爲艷句，然多語不成章，則塗澤勞而神澤隱矣。』今讀其詩，多艷語而少沉思，而皮日休亟稱之。張融、孔稚珪詩所傳蓋寡。融《别詩》之『欲識離人愁，孤臺見明月』，思致邈然。稚珪《旦發青林》之『草雜古今色，巖留冬夏霜』，句太拙矣。

是時永明體已成立，沈約與王融、謝朓以氣類相推轂，約等文皆協宫商，以平上去入爲四聲，撰《四聲譜》，即周捨所對天子聖哲是也。約自齊入梁，享文譽最久。鍾嶸嘗求譽於沈約，約拒之，故評其詩曰：『觀休文衆製，五言最優。詳其文體，察其緒〔二〕論，固知憲章鮑明遠也。於時謝朓未遒，江淹才盡，范雲名級故〔三〕微，故約稱獨步。雖文不至其工麗，亦一時之選也。見重閭里，誦咏成音。嶸謂：約所著既多，今翦除淫雜，收其精要，允爲中品之第矣。故當詞密於范，意淺於江也。』蓋追宿恨，故以此報之。約又創『八病』之説，此法未免失之太苛，前人已多議之。今讀其擬古、懷舊、咏物諸作，各臻妙境，《六憶詩》（存四）尤見齊梁側艷體裁。

范雲《贈張諲》之『田家樵采去，薄暮方來歸。還聞樵子説，有客款荆扉』，鍾嶸評爲：『清便宛轉，如流風轉雪。』王世貞《藝苑卮言》謂：『范沈篇章，雖有多寡，要其裁造，亦昆季耳。』

〔一〕悲，《謝宣城集》作『流』，『流』是。
〔二〕緒，《詩品》作『餘』。餘論，指高論、宏論。
〔三〕故，《詩品》作『又』，『又』是。

任昉衣冠貴游，群與交好，名重齊梁，時人云『任筆沈詩』。昉聞之甚以爲病，晚年轉好著詩，欲以傾沈，然用事過多，轉少流便。鍾嶸亦謂：『任昉博物，動輒用事，詩不得奇。』是時，永明體之流風濡染及梁，大都出於沈約提倡之力。

何遜詩最爲精巧。沈約曰：『讀卿詩一日三復，猶不能已。』仕揚州時，常吟咏梅花下，所謂『東閣官梅動詩興』是也。張溥謂：『少陵佳句，多從仲言脱出，是以有「能詩何水曹」之句。』

劉繪在永明爲後進領袖，其子孝綽少時贈任昉詩，早爲昉所賞，惟文藻爲後進所宗，朝成暮寫，其詩轉爲所掩。《顔氏家訓》謂：『爲揚郡論者，恨何遜詩饒貧寒氣，不及孝綽之雍容也。』孝威亦能詩。孝綽嘗曰：『三筆六詩。』

王筠爲沈約所知，嘗曰：『自謝朓諸人零落，以後平生意好，殆將都絶，不意疲暮，復逢於君。』又曰：『晚來名家，惟見王筠，獨步謝朓，謂「好詩圓美流轉如彈丸」。近見其數首，方知此言是實。』其詩亦尚豔體，和韵詩亦始王筠。葉夢得曰：『唐以前人和詩，初無用同韵者，直是後先相繼作耳。頃見梁武同王筠《和太子懺悔詩》，仍用筠韵，蓋同用改字十韵也。詩人以來，始見有此體。』筠後又取所餘未用者十韵，別爲一篇，王筠善押强韵者此也。

時惟陶弘景詩最爲超絶，『山中何所有，嶺上多白雲。只可自怡悦，不堪持贈君』二十字，飄飄欲仙。

昭明太子引庾肩吾、劉孝威等爲『高齋十學士』。庾文采尤高，子山繼之，宫體競貴，惟以『病老死沙門』爲題，張溥謂爲『早見臺城之讖』焉。

鍾嶸評：『江淹詩體雜總[一]，善於摹擬。』『邱遲詩點綴映媚，似落花依草。』然江淹賦較詩爲得名，邱遲亦文稱最美。

吴均詩清拔有古氣，好事者效之，號『吴均體』。

《顔氏家訓》載：『蕭愨，上黄侯之子，工於篇什。嘗有《秋詩》曰「芙蓉露下落，楊柳月中疏」，時人未之賞也。吾愛其蕭散，宛然在目。』是又以一二語傳矣。

梁世諸帝，并擅詩才。武帝樂府工爲豔詞，嘗許簡文帝曰：『此吾家東阿王也』。簡文賦詩，千言立就，然傷於輕豔，號曰『宫體』。元帝詩婉麗多情，所作宛然唐五律、五絶體格。《春別應令後[二]四首》直唐七絶矣。有人謂『元帝學曲初成，嬌音滿耳，含情一粲，蕊氣撲人』，可想見其風致焉。昭明篤學，其詩頗有漢魏遺音。

---

[一] 雜總，《詩品》作『總雜』，是。

[二] 後，應作『詩』字。蕭繹作有《春別應令詩四首》，體制類似七絶。

陳時文人自徐陵外，當推江總。簡文爲太子時，陵與文摛并在東宮，頗蒙禮遇。簡文雅好宮體，晚年悔之，敕陵撰《玉臺集》以大厥體，今所傳《玉臺新咏》是也。陵擅文章，所作樂府已變古意，《山齋詩》之『山寒微有雪，石路本無塵』、《戲書》之『片月窺花簟，輕寒入錦巾』、《咏舞詩》之『燭舞窗邊影，衫傳篋裏香』，裁對工緻，純粹唐律矣。江總自梁入陳，其詩猶有梁人餘氣，史稱：『五言七言尤善，然傷於浮艷，故爲後主所愛幸。多有側篇好事，相傳諷玩，於今不絶。』如《梅花落》《宛轉歌》《新寵美人應令》諸詩，唐七古之格調也。《賦得泛泛水中鳧》《（賦得）[一]携手上河梁》等，與孔範《賦得白雲抱幽石》之『陣結香鑪隱，羅成玉女微』，直後代試律之祖矣。韓擒虎兵已渡江，張麗華方鋪硏紅箋，執管和江令璧月詞未終，讀『璧月夜夜滿，瓊樹朝朝新』句可見。其時美人狎客，賦詩酬贈之樂，國家安得不亡乎？

張正見『賦得』詩尤夥。《藝苑卮言》謂：『正見詩律法已嚴於四杰，特作一二拗句爲六朝耳。』

陰鏗與何遜并稱。陰、何亦自梁入陳，杜甫詩『李侯有佳句，往往似陰鏗』，又曰『頗學陰何苦用心』。如所傳《新成安樂宮詞》，即唐律之正軌也。

叔寶《玉樹後庭花曲》，故自靡艷，《三婦艷》詩絶佳。《戲贈沈后》之『留人不留人，不留人也去。此處不留人，自有留人處』，其意味確似南唐小令，然以君王而耽此，宜乎其亡也忽焉。

北朝庾信文絶綺麗，與徐陵并稱『徐庾體』。楊升庵《丹鉛總録》云：『庾信之詩，爲梁冠絶（信本自南入北）。史評其詩曰「綺豔」，杜詩稱之曰「清新」，又曰「老成」。綺麗[二]、清新，人盡知之，而老成，獨子美能發其妙。』如《擬咏懷》二十七首、《咏畫屏風》二十五首、《永豐殿下言志》十首，正所謂『君患才多』矣。然故國之思，時時流露紙上焉。

温子昇、邢邵、魏收皆北人，不以詩名，然收《月下秋夜》之『使星疑向蜀，劍氣不關吴』、《喜雨》之『瀉溜高齋響，添池曲岸平』，邵《華林園公宴》之『草滋徑燕没，林長山蔽虧』，及子昇樂府諸作，何嘗不可誦耶。

隋則薛道衡、盧思道，雖沿徐、庾之風，而格調漸變。道衡初不爲南人所重，及讀《人日思歸》之『入春纔七日，離家已二年。人歸落雁後，思發在花前』，遂見推服。《昔昔鹽》一詩，爲今體排律之創。然卒爲煬帝所忌，後因事誅之，曰『更能作「空梁落燕泥」否』？與煬帝殺王胄曰『「庭草無人隨意緑」，復能作此語耶？』其被禍相同。思道《齊文宣挽歌》獨得八首，時人號爲『八米盧郎』。

---

[一] 賦得，兩字承前省，今據江總詩作原題補上。
[二] 麗，當作『艷』字。楊慎《升庵詩話》亦作『艷』。

又與陽休之等作《聽蟬鳴〔二〕篇》。思道所爲詞意清切，爲時所重。庾信遍覽諸同作者，而深嘆美之。李德林、楊素亦頗能詩。煬帝思起陳末之敝，詩有風骨，然去時之病則佳，而復時之情未至，惟《飲馬長城窟行》《白馬篇》，則氣體宏遠，得魏晋之遺。如《贈張麗華》之『坐來生百媚，實個好相知』、《幸江都》之『求歸不得去，真成遭個春』，則以俗話入詩矣。

總之，隋矯華靡之敝，而復古未能，此所以爲轉入唐詩之關鍵也。

# 戊　唐

詩學至唐，爲一代最盛之文學，累萬言而不能盡，其佳句更不勝摘録。試略述其大概。論唐詩者，每有初、盛、中、晚之分。嚴羽《滄浪詩話》以盛唐爲第一義，大曆以還爲第二義，又定其名曰晚唐，是以唐詩時代區而爲三。又曰：『盛唐人亦有一二濫觴晚唐者，晚唐人詩亦有一二可入盛唐者。』又曰：『大曆之詩，高者尚未失盛唐，下者漸入晚唐矣。』是但以大概判别，亦未盡分道揚鑣也。元楊仲宏所選《唐音》，其書分『始音、正音、遺響』，而始音惟王、楊、盧、駱四家；正音則初唐爲一類，中唐、晚唐爲一類；遺響亦備列諸家，而方外及女子附焉。是所分爲始音、正音、遺響，非以時代區别也。明高棅《唐詩品彙》分正始、正宗、大家、名家、羽翼、接武、正變、餘響、旁流九格，以初唐爲正始，盛唐爲正宗、爲大家、爲名家、爲羽翼，中唐爲接武，晚唐爲正變、爲餘響，方外异人等爲旁流。於是初、盛、中、晚，若厘然不可混者。歷來論詩學者，翕然宗之。然時代雖有隆替升降之升〔三〕，而詩人各有窮達悲愉之别，執尺以繩，必謂不差，累黍者其可得哉？善哉蒙叟之序《唐詩鼓吹》曰：『唐人一代之詩，各有神髓，各有氣候。今以初、盛、中、晚，厘爲界分，又從而判斷曰：此爲妙悟，彼爲二乘；此爲正宗，彼爲羽翼，支離剥割，俾唐人之面目，蒙翳於千載之上，而後人之心眼，沉錮於千載之下，甚矣，詩道之窮也！』

雖然，詩旨固不當以時代爲斷，而詩格則不以時代爲衡。唐初承陳隋餘風，太宗雅好文學，其時虞世南、魏徵輩頗有古意。太宗嘗謂侍臣曰『朕戲作艷體』，世南諫曰『聖作雖工，體製非雅』，太宗嘉之。然是時風尚未能盡脱宫體。厥後上官儀起，其詩綺錯婉媚，人多效之。嘗曰：『詩有六對，一、正名對，天地日月是也；二、同類對，花葉草芽是也；三、連珠對，蕭蕭赫赫是也；四、雙聲對，

〔二〕盧思道詩題爲《聽鳴蟬篇》。
〔三〕升，疑誤，承前『升降』之『升』而誤。

黄槐緑柳是也；五、叠韵對，彷徨放曠是也；六、雙擬對，春池秋樹是也。』是詩已進於律體矣。

王、楊、盧、駱，四杰并興，《藝苑巵言》稱其『詞旨華麗，固緣陳隋之遺。骨氣[二]翩翩意象，老境超然勝之。五言遂爲律家正始。子安稍近樂府，楊、盧尚宗漢魏，賓王長歌，雖極浮靡，亦有微瑕，而綴錦貫珠，滔滔洪遠，故是千秋絶藝』。今讀其詩，五律、七古諸作，格局已成。

子昂崛起，遠追漢晋，一洗齊梁之習，所作《感遇詩》三十八章，世以爲海内文宗。

自宋之問、沈佺期出，辭加靡麗，酌句斟篇，號爲『沈宋』。獨孤及謂：『沈、宋始裁成六律，彰施五采，使言之而中倫，歌之而成聲，緣情綺靡之功，至是始備。』王世貞謂：『五言至沈宋始可稱律。律爲音律、法律，天下無嚴於是者，知虚實、平仄不得任情，而法度明矣。』當時語曰『蘇李居前，沈宋比肩』，推崇至矣。

同時，杜審言、李嶠、崔融、蘇味道爲『文章四友』，其詩亦多今體，而審言最爲狂誕，王世貞稱爲『氣度高遠，神情圓暢，自是中興之祖』。惟自貞觀至景龍間，詩人之作，應制居多，故藻繪有餘而微乏韵度。楊慎《丹鉛總録》已論及之，然應制體多，實多佳構。開元、天寶之時，詩人尤盛。燕國以文雄，而本傳云『既謫岳州，詩益凄惋，人謂爲得江山之助』。許國不以詩傳，然所作亦多聰慧。《曲江詩》『繼軌射洪下，開供奉漁洋』，謂唐五古詩凡数變，自陳拾遺奪魏晋之風，變梁陳之俳優，而張曲江實爲之繼。其《感遇詩》風力遒上，卓然大家。

太白仙才，少陵詩史，光焰萬丈，爲詩家不祧之祖，吾無論已。李東陽《懷麓堂詩話》曰：『唐詩李杜之外，孟浩然、王摩詰足稱大家。王詩豐縟而不華靡，孟却專心古淡而悠遠深厚，自無寒儉枯瘠之病。由此言之，則孟爲尤勝。儲光羲有孟之古而深遠不及，岑參有王之縟而又以華靡掩之。』《藝苑巵言》曰：『盛唐七言律，老杜外，王維、李頎、岑參耳。李有風調而不甚麗，岑才甚麗而情不足，王差備美。』殷璠《河岳英靈集》録二十四人，以常建爲冠，王昌齡則人以『詩天子』稱之。岑參詩清拔孤秀，時人比之吴均、何遜。

皮日休以孟浩然介李、杜之間。漁洋論盛唐詩以李、杜爲二聖，王維爲一賢，王之渙、高適、賈至、賀知章輩皆一時之杰，未易軒輊。論者又謂：『右丞精微，襄陽清稚，太祝真率，龍標深俊，高、岑悲壯，李、常超邁。』盛唐詩學冠絶古今，有由來矣。

元結自號漫叟，其詩獨成一家。嘗選《篋中集》，詩集中人，多與李、杜往還，詩格尤不爲風氣所囿。韋、劉稍後出，蘇州詩閑淡簡遠，人比之陶潜。白樂天云：『蘇州五言高雅閑淡，自成一家之體。』東坡詩曰：『樂天長短三千首，却遜韋郎五字詩。』宋葛立方

[二] 骨氣，《藝苑巵言》中無此二字，應是衍文。

《韻語陽秋》則曰：『韋應物詩平平處甚多，至於五言，則超然出於畦徑之外。』

隨州詩有閑曠致，權德輿謂爲『五言長城』。皇甫湜云：『詩未有劉長卿一句，已呼阮籍爲老兵。』《雲溪友議》載：『長卿因人謂前有沈、宋、王、杜，後有錢、郎、劉、李，乃曰「李嘉祐、郎士元焉得與余齊稱耶？」每題詩，不言其姓，但言長卿而已，其自許也如此。』與韋、劉相善者，有顧况、秦系、釋皎然之流，詩皆足稱。

其時有大曆十才子起。按《唐書·文藝傳》：『盧綸與吉中孚、韓翃、錢起、司空曙、苗發、崔峒、耿湋、夏侯審、李端皆能詩，齊名，號「大曆十才子」。』王漁洋《分甘餘話》曰：『大曆十才子，傳聞不一。江鄰幾所志乃盧綸、錢起、郎士元、司空曙、李益、李端、李嘉祐、皇甫曾、耿湋、苗發、吉中孚十一人，或又云有夏侯審。按發、審詩名不甚著，未可與諸子頡頏。且皇甫兄弟齊名，不應有曾而無冉，又韓翃同時盛名而亦不之及，皆不可解。』按《唐書》有韓翃而無李益、李嘉祐、皇甫曾、郎士元。宋初去唐未遠，而傳聞不同如此。嚴滄浪《詩話》謂冷朝陽亦在十才子中，蓋諸人并是大曆之英，於韋、劉之外又別爲一派者矣。

唐文宗尤愛盧綸之詩，遺中人悉索家笥，得詩五百篇以聞。李益長於歌詩，貞元末與李賀齊名。每一篇成，樂工爭以賂求取之。韓翃，德宗時以駕部侍郎知制詔，中書進名時御筆不點，出又請之，且請聖旨所與，德宗批曰『與韓翃』。時有江淮刺史同名者，又書『春城無處不飛花』詩曰：『與此。』

韓翃、錢起以《湘靈鼓瑟詩》登第，又與李端同在郭曖門下。曖尚代宗公主，每宴集賦詩，公主坐視簾中詩美者，賜百縑，又曰：『詩先成者，賞。』起與端各賦詩以爭工拙。郎士元與起世稱『錢郎』。皇甫冉與曾詩名相上下，時比張氏景陽、孟陽。吉中孚諸人詩不甚著，其餘如戴叔倫、戎昱、張繼、王建皆有詩名，亦在大曆間。建宫詞尤著。

十才子後，昌黎以博大堅蒼稱雄一世。論者謂：『退之之詩，抑韵之文耳，雖健美富贍，終不是詩。』又謂：『李翰林文中常有詩意，韓吏部詩中常有文情。』不知韓詩豪而奇，與李、杜可并而三，餘子不足數也。

宋人每以子厚之詩工於退之。東坡曰：『子厚詩在淵明下、蘇州上，退之豪放奇險則過之，而温麗清深則不及也。』可謂知言矣。

其時出之以奇詭駭怪者，李賀是也。所作皆驚才絶艷，意取幽奧，詞尚瓌奇，非復尋常蹊徑，殆《離騷》之苗裔歟？

郊寒島瘦，自陷僻澀，元遺山論郊詩曰『東鳴[二]悲鳴死不休，高天厚地一詩囚』，浪仙自云『二句三年得，一吟雙淚流』，可見其構思之苦矣。

〔二〕東鳴，孟郊字『東野』，此處應作『東野』。元好問《論詩三十首》作：『東野窮愁死不休』。

元、白起而元和體以成。元稹長於詩歌，與白居易名相埒，所作往往播之樂府，宫中人呼爲『元才子』。自御史謫官後，閑誕無事，遂專力於詩，與居易唱和居多。令狐楚深賞之，以爲今代之鮑、謝。居易詩初頗規諷得失，曾作《新樂府》百餘篇流傳禁中，其後下偶俗好，至數千篇，士人傳誦，雞林〔二〕賈人争買其詩。又云：每作詩，令一老嫗解之。問曰解否，則録之；不解，則又復易之。今世多喜白詩，謂其開白話詩之門徑，然楊汝士嘗以『鯉庭詩』自詩壓倒元、白，其時聲價之重可知。東坡及遺山則以『元輕白俗』詆之矣。劉禹錫則樂天推爲『詩豪』，嘗曰：『其鋒森然，少敢當者。予不量力，往往犯之。』嘗爲《西塞懷古詩》，樂天曰：『已得驪珠，所餘一鱗一爪耳。』其所製《竹枝詞》俚俗悉歌之，是又别開風氣者矣。

張籍能於元、白外别樹一幟，其樂府與王建齊名，稱格律詩，遂開晚唐風尚。張祜、崔涯詩多嘲戲，然祜詩殊勝，杜牧極賞之。牧不喜元、白，嘗曰：『近有元、白者，喜爲淫言媟語，鼓煽浮囂，吾恨方在下位，未能以法治之。』然青樓薄倖之詩，街吏平安之報，牧之殆風情不淺者乎。劉後之〔三〕故比之以燕伐燕也，然其詩情致豪邁，風骨實出元、白之上，睥睨長慶，有由來矣。

趙嘏以長笛句得名，號『趙倚樓』。許渾詩喜用水，故有『許渾詩句千篇濕』之句。卓然爲晚唐杰出者，其温、李乎？然飛卿詩多綺羅脂粉之詞，而商隱感時傷事頗得風人之旨。王安石謂『詩人能學老杜而得其藩籬者，惟商隱一人』。宋人但襲其面目，琢句裁對，窮極雕鐀，致有伶官撏撦之譏。惟其詩詞旨隱約，故注家不得其真，未免穿鑿附會。遺山《論詩》云：『詩家總愛西昆好，只恨無人作鄭箋。』此之謂矣。

韓偓《香匳》逼近義山，或云和凝所托，然冬郎豈專工香匳乎？忠愛之思，羈旅之感，固時於詩中見之。皮、陸唱和，詩工識巧，離合回文，雙聲叠韵，雖云游戲，亦見巧思。其他薛逢、劉滄、司空圖、方干、曹唐、鄭谷、崔珏、李山甫輩，各有所長，未容加以訾議。杜荀鶴、羅隱尤稱矯矯。有謂唐人詩中用俗語者，惟荀鶴及隱居多。然江東魄力沉雄實爲三羅之冠，論者謂在玉溪、浣花之間，固足爲有唐一代詩人之殿焉。

總之，唐詩之品評及選録者，頗盛於世，兹僅撮其崖，略以當窺豹一斑云。

〔二〕 難林，《新唐書·白居易傳》作『雞林』。『難林』應是『雞林』之訛。
〔三〕 『之』字應是『村』字之誤，這句話出自劉克莊《後村詩話》。

## 己　宋

五代詩學漸衰，然是時唐末詩人猶有存者。宋初能詩者，亦每列入五代。其時如宋齊邱、韓熙載、徐鉉、楊汾、盧延讓、王仁裕、孫光憲、孟賓於諸人及南唐蜀主詩，皆有可采，而長短句盛於是時。惟花蕊《宮詞》最爲世所傳誦。

至宋詩，有謂『詩盛於唐、壞於宋』者，有謂『宋詩豈誰不愧於唐且過之』者。然宋詩自有宋詩之勝處，不必故爲軒輊也。按宋初，楊億在禁苑變文章之體，劉筠、錢惟演輩從而效之，以新詩更相屬和，題曰《西昆酬唱集》。西昆者，取玉山策府以命名。集中凡十七人，《四庫書目》云：『《西昆酬唱》詩宗法李商隱，詞取妍華而不乏興象，效之者漸失本真，惟工組織，於是有優伶撏扯之譏。』歐陽公《六一詩話》曰：『楊大年與錢、劉數公唱和，自《西昆集》出，時人争效之，詩體一變。而先生老輩患其多用故事，至於語僻難曉，殊不知自是學者之弊。』公又云：『劉、楊風采，聳動天下，至今使人傾想。』是并非短西昆，特想學西昆者耳。《劉後村詩話》謂『《西昆集》對偶字面雖工，而佳句可録者殊少，宜爲歐公之所厭』，是未明歐公之本旨矣。至石介《怪説》所謂『楊億之窮妍極態，綴風月、弄花草，淫巧侈麗，浮華纂組……其爲怪大矣』，此過言也。要之，學西昆者，總須有書卷供其驅使，初學則不必效颦耳。

是時王禹偁、蘇易簡、寇凖、林逋、魏野、潘閬諸人，亦多取法唐人，時有清響。《許彦周詩話》謂：『錢易嘗作《擬唐詩》百篇，備諸家之體。自序曰：「今之所擬，不獨其詞。至於題目，豈欲抛弃本集，或有事迹，斯亦見之本傳。」』斯可見當時摹仿唐詩之一斑。

及蘇舜欽、梅堯臣出，而後詩體一變，蓋力矯西昆者。《六一詩話》云：『聖俞、子美齊名一時，而二家詩體特异。子美筆力豪隽，以超邁横絶爲奇；聖俞覃思精奇，以深遠閑淡爲意。各極其長，雖善論者不能優劣。』《彦周詩話》云：『聖俞句句精煉，如「焚香露莲泣，聞磬清鷗邁」之類，宜乎爲歐公所稱。其他古體若朱弦疏越，一唱三歎，讀者當以意求之。』曾敏行《獨醒雜志》謂：『堯臣袖所爲詩呈王曙，曙謂其詩有晋宋遺風，自杜子美没後二百餘年不見此作。』張芸叟評聖俞詩曰：『深山道人，草衣木食。王公大人，見之不覺屈膝。』魏泰《臨漢隐居詩話》謂：『舜欽以詩得名，然其詩以奔放豪健爲主。堯臣亦善詩，雖乏高致，而平淡爲工，世謂之「蘇梅」，其實與蘇相反也。』邵博《聞見後録》志：『李邯鄲諸孫亭仲云：「吾家有梅聖俞詩舊本，世所傳多爲歐公去其尤者，忌能名之或壓也，此或不然。歐公嘗自謂不及堯臣，蓋堯臣詩旨趣古淡，知之者希，故以此誣歐公耳。」』然陳善《捫虱新話》記：『舜欽生平作詩，不幸被人比梅堯臣。』魏泰《詩話》亦同此説，殆不免蹈文人相輕之習歟？

石曼卿豪放縱邁，詩格奇峭，亦爲歐公所重。至晏殊詩之富麗，宋郊嘗摘其佳句，以爲後之詩人無復措詞。二宋皆有高名，爲時膾炙。

盧陵詩體，豪放處似李白。葉少藴《石林詩話》曰：『歐公詩好矯昆體，專以氣格爲主，故其詩多平易疏暢。律詩意所到處，雖語有不倫，亦不復問，而學之者往往失於快直，傾困倒廩，無復餘地，然公詩好處豈專在此？』云云。王荆公選四家詩，以太白、少陵、退之與盧陵并列，頗致推崇。世多謂盧陵學韓，實則公得力於韓則有之，亦不盡似也。

曾鞏出歐公門下。彭几五恨謂『恨子固不能詩』，然子固嘗曰：『詩當使人一覽語盡而意有餘。』陳師道詩曰『鄉來一瓣香，敬爲曾南豐』，是子固非不能詩者，其詩亦多可誦，特爲文所掩耳，淵材狂人，不足據爲定論也。

安石聲譽未振時，鞏導之於歐公，由是知名。其詩才力頗張，格律亦精，有時用意頗出尋常蹊徑。《石林詩話》曰：『荆公晚年詩律尤精嚴，造語用字，間不容髮，然意與言會，言随意遣，渾然天成，殆不見有牽率排比處。』又云：『蔡天啓曰：「荆公每稱老杜「鈎簾宿鷺起，丸藥流鶯轉」，以爲用意高妙，五字之摸揩〔一〕。他日公作詩，得『青山捫虱坐，黄鳥挾書眠』，自謂不減杜語，以爲得意，然不能舉全篇。」是荆公亦學杜也。』又曰：『荆公詩用法甚嚴，尤精於對偶，嘗云「用漢人語，止可以漢人語對，若參以异代語，便不相類」。』然作詩隸事不相稱，本嫌不倫，必以漢對漢，則失之苛矣。黄山谷謂：『荆公暮年作小詩，雅麗精絶，脱去流俗，每諷味之，便覺沉瀣生牙頬間。』魏泰謁公於鍾山，因從容問：『公頃作詩否？』公曰：『久不作矣，蓋賦咏之言亦近口業。然近日便不能忍，亦時有之。』是可見荆公晚年作詩，尤不苟也。李東陽謂：『介甫點景處，自謂得意，然不脱宋人氣習。其咏史絶句，極有筆力，當别用一具眼觀之。』是又當分别論之矣。

三蘇中東坡詩尤高，論其詩者夥矣，但當從精密處觀之。周益公論蘇《寒碧堂詩》謂：『初若豪邁天成，其實關鍵甚密，句句切題，余謂此非才大心細者不能。』實深知蘇詩者。趙甌北之於蘇詩，一則曰：『才思横益，觸處生春。胸中書卷繁富，又足以供其左旋右抽，無不如志。』一則曰：『坡詩不尚雄杰一派，其絶人處在乎議論英爽，筆锋英鋭，舉重若輕，讀之似不甚用力而力已透十分，此天才也。』一則曰：『詩人遇成語佳對，必不肯放過。坡公尤妙於剪裁，雖工巧而不落纖佻。』一則曰：『坡公遭遷謫後，意緒無聊，稗官脞説闌入於詩，不知已爲後人開一方便法門。』一則曰：『隨所遇輒有典故供其援引，非臨詩檢書者所能辦。』此於東坡詩學能確鑿道出，且東坡并不拘於律法，而自然合律。

《唐子西文録》云：『詩在與人商論，深求其疵而去之，等閑一字放過則不可，殆近法家，難以言恕矣，故謂之詩律。東坡云「敢

〔一〕揩，應是『楷』字之誤。《石林詩話》作『楷』。

將詩律門深嚴」，余亦云：「律傷嚴。」』蓋詩非不講律，特不必過於深嚴耳。東坡云：『作文如行雲流水，初無定質，但行於所當行，止於所不可不止。』余於作詩亦云。

然蘇門四學士黄、秦、張、晁中，山谷最爲杰出。其詩推陳出新，務爲深刻，故能獨成一家。陳師道謂山谷詩『得力於杜』，又云：『魯直於父，猶子美之於審言也。然過於出奇，不如杜之遇物而奇，是學杜而不似杜者。』自吕本中《江西詩派圖》出，列陳師道以下二十四人，詩法相傳，於是山谷遂執西江[一]派之牛耳。山谷自云：『詩意無窮而人之才有限，以有限之才遣無窮之思，雖淵明、少陵不得工也。』故又言『换骨奪胎』之法，此山谷自道其詩，可見其得力所在矣。魏泰謂『山谷作詩得名，好用南朝人語，專求古人未使之事，綴葺而成，自以爲工，其實所見之僻也。故句雖新奇，而氣乏渾厚』，此亦失之偏見矣。

陳師道與李廌并四學士稱『蘇門六君子』。師道詩尤爲今日學宋詩者所崇尚。師道嘗見山谷詩，愛不釋手，卒從其學，黄亦不讓。或謂師道過之，惟自謂不及。明楊一清謂：『黄、陳雖號江西派，而其風骨逼近老杜。』又曰：『讀後山詩驚其雄健清勁，幽邃雅淡，有一塵不染之氣。』蓋陳詩固宋詩中極有韵味者。

南渡以來，陸、尤、范、楊稱爲四大家，而作詩之多無過放翁，得名之盛亦無過放翁。四人皆師事茶山居士曾幾，幾以杜甫、黄庭堅爲宗，惟游益加研煉而面目略殊。甌北謂：『放翁詩凡三變。宗派本出於杜，中年以後，則益自出機杼，盡其才而後止。及乎晚年則又造平淡，并從前求工見好之意，亦盡消除。』是放翁詩固學隨年异也。又謂其『以律詩見長，名章俊句，層見叠出，令人應接不暇。使事必切，屬對必工；無意不搜而不落纖巧，無語不新而不事塗澤。古體之功力則更深於近體』。是劉後村僅摘其對偶之工尚，非真知放翁者。甌北又謂：『放翁萬首詩，造詞用事少有重複者，惟晚年家居寫景，或有見於此，又見於彼者。故朱竹垞有摘其自相蹈襲之處。』余謂一人作詩過多，斯弊均不能免，蓋心目感觸，容或相同，然往往有遺詞同而意轉勝者，不足病也。否則如子建且有之，豈因是而少之哉。

范石湖詩才調不及楊，而無楊之粗豪氣象；不及陸，而無陸之窠臼。大抵早年沿溯中唐以下，以後乃追溯蘇、黄而約以婉麗。《四库書目》論范詩極合分量。

誠齋詩以粗豪爲主，又專以俚言俗語闌入詩中，以爲新奇，甌北亦論及之。

延之與誠齋爲金石交，二人皆善諧謔，嘗有『楊氏爲我』『尤物移人』及『蝤蛑』『羔兒』之對。尤侗所輯《梁溪遺稿》百分僅存

〔一〕西江，應是『江西』之倒文。

其一，蓋其詩久佚，惟所輯《全唐詩話》尚存。宋濂則稱：『尤爲清婉，楊爲深刻，范爲宏麗，陸爲敷腴，皆有可觀。』四靈派之徐靈暉、徐靈淵、翁靈舒、趙靈芝并永嘉人，爲葉水心之門人。工爲晚唐律詩，格相類，有《芳蘭軒》《二薇亭》《西巖集》《清苑齋》各集。趙登科而不顯，餘皆江湖散人，故又曰『江湖派』。

嚴羽力主盛唐，其説已見《滄浪詩話》。宋末文天祥不以詩名，而逼近老杜忠義之氣，磅礴於字裏行間。其外遺民如鄭所南、謝翱、謝枋得、唐珏、汪水雲諸人，又有吾汶谷音、月泉吟社，諸詩皆有流傳，類多亡國之音，令人嘆息而忠義勃發，亦時時足以感觸心靈，其怨思也深矣。

此宋詩一朝之大概也。

# 庚　金元

金人詩人趙秉文最擅重名，自號閑閑道人。遺山稱其『七言長詩，筆勢放縱，不拘一格。律詩壯麗，小詩精絶，多以近體爲之。至五言則沉鬱頓挫如阮嗣宗，真淳古朴似陶淵明』。固崇爲一代之泰斗也。劉祁《歸潛志》云：『閑閑晚年詩多法唐人李、杜諸公，然未嘗語於人。已而麻知幾、李長源、元裕之輩鼎出，故後進作詩者争以唐人爲法。』又載：『閑閑嘗言，律詩最難工，須要工巧周圓。吾聞竹溪黨公論，以爲五十六字皆如聖賢，中有一字不经鑪錘，便若一屠沽子厠其間。又八句皆要挺拔極難，一篇中須要一聯好句爲主，但以意收拾之，足爲好詩矣。又小詩貴風騷，令人往往止作硬語，非也。』是可見其論詩之得力處矣。

其餘宇文虛中、吴激、党懷英、蔡珪、王庭筠輩，見於《中州集》者，比比而是。又有麻革等八人，皆從遺山游者。

元遺山七歲能詩，少作《箕山琴臺詩》，秉文見之，以爲近世無此作。其詩奇崛而絶雕繪，巧縟而謝綺麗，無愧一朝宗匠。甌北稱其『才不大，書不多，專以清思鋭筆，精煉而出，故其廉悍沉摯處，較勝於蘇、陸』。今讀《遺山年譜》云：『當德陵之末，獨以詩鳴，上薄風雅，中規李、杜，粹然出於正，直配蘇、黄氏。天才清贍，邃婉高古；沉鬱太和，力出意外。巧縟而不見斧鑿，新麗而絶去浮靡，造微而神采焕發。雜弄金碧，揉飾丹青；奇芬异秀，動蕩心魄。看花把酒，歌謡跌宕，挾幽、并之氣，高視一世。五言以雅爲正，出奇於長句、雜言。爲大樂府，不用古題，特出新意，以寫怨思。用今題爲樂府，揄揚新聲，皆近世所未見者也。汴梁亡，故老皆盡，先生遂爲一代宗匠。』《四库書目》謂：『其所自作，則興象深邃，風格遒上，無宋南渡末江湖諸人之習，亦無江西流派生拗粗獷之失。』此可見遺山之詩學矣。至《中州集》，雖《四库書目》云：『意在以詩存史，去取尚不盡精。』然可窺見金人一代之詩。若《論詩絶句》，則直探《詩品》之精微焉。

若金代帝王亦好文學，如金海陵之『屯兵百萬西湖上，立馬吴山第一峰』，意境壯闊。章宗《宫中絶句》之『五雲金碧拱朝霞，樓閣峥嶸帝子家。三十六宫簾盡捲，東風無處不揚花』，《歸潛志》謂爲『真帝王詩』。密國公璹自號摴軒居士，家居以誦吟爲樂，時與士大夫唱酬，固俊才也。

元初，方回詩格力蒼堅，在江湖諸集之上。郝經師事遺山，南宋詩人罕能對壘。其後虞集、楊載、范梈、揭傒斯并稱四大家，中以伯生爲最。陶宗儀《輟耕録》載：『虞伯生先生集、楊仲弘先生載同在京日，楊先生每言伯生不能作詩。虞先生載酒，請問作詩之法，楊先生酒既酣，盡爲傾倒，虞先生遂超悟其理。繼有詩送袁伯長先生扈駕上都，以所作詩介他人質諸楊先生。先生曰：「此詩非虞伯生不能也。」或曰：「先生嘗謂伯生不能作詩，何以有此？」曰：「伯生學問高，余曾授以作詩法，餘莫能及。」又以詒趙魏公孟頫，詩中有「山連閣道晨留輦，野散周廬夜屬櫜」之句，公曰：「美則美矣，若改山爲天，野爲星，則尤美。」虞先生深服之。』故國朝之時，稱虞、趙、揚、范、揭焉。

范即德機先生梈，揭即曼碩先生傒斯也。嘗有問於虞先生曰：『仲宏詩如何？』先生曰：『仲宏詩如百戰健兒。』『德機詩如何？』曰：『德機詩如唐臨晋帖。』『曼碩詩如何？』曰：『曼碩詩如美女簪花。』『先生詩如何？』笑曰：『虞集乃漢廷老吏。』蓋先生未免自負，公論以爲然。李東陽亦謂：『藏鋒斂鍔，出奇制勝，如珠之走盤，馬之行空，始若不見其妙。而探之愈深，引之愈長，則於虞有取焉。』

楊仲宏文章以氣爲主，於詩尤有法。范德機耽詩工文，尤邃於詩學。今楊之《詩法家數》、范之《木天禁語》《詩學禁臠》，對於詩之各體篇法，論字論句，足爲詩學模範。

揭傒斯小詩尤秀麗絶倫。子昂稍前出，其詩清邃奇逸，讀之令人有飄飄出塵之想。楊仲宏稱其才頗爲書畫所掩，然鷗波夫婦，世所艷稱。

仇仁近、白廷玉詩尚穠艷。張仲舉近體爲當代所推，古體亦伉爽可誦，漁洋稱爲元末大家。薩都剌最長於詩，流麗清婉，《雁門》一集尤擅元詩之勝。吴萊詩兀奡不群，漁洋爲之心折。

楊鐵崖上法漢魏，出入於少陵、二李之間，故其所作古樂府，隱然有曠世金石聲，人之望而畏者，又時出龍鬼蛇神以眩蕩一世之耳目，人號爲『鐵崖體』。又鐵崖在會稽時，日課詩一首，出入史傳，積至千餘篇，晚年取而讀之，忽自笑曰：『此豈有詩哉？』亟呼僮焚之，不遺一篇。今所傳者，皆晚作耳。樂府以外所有竹枝辭、咏史詩及歌行等，纏綿雄健，兼擅其勝。此才何可斗，不計元代大家此其選矣，然詈之者亦未嘗不目以文妖也。

## 辛　明

明初文士，宋濂、劉基并號能詩。青田詩蒼莽古直，獨標骨格，時能規模杜、韓，而有時失之好奇。宋濂詩不及基之豪放，然觀其《答章秀才論詩書》，雖謙言非能詩，而於歷代詩學源流言之不窮。相師不相師之論，更切中詩家得失。七古尤見佳妙。

高啓天才高逸，在明一代詩人之上，惜殞折太早。甌北稱爲『才氣超邁，音節響亮，宗派唐人而自出新意，一涉筆即有博大昌明氣象。』五古五律則脱胎於漢魏六朝及初盛唐，七古、七律則參以中唐七絶并及晚唐，要其英爽絶人，故學唐而不爲唐所囿。《四库書目》云：『其於詩擬漢魏似漢魏，擬六朝似六朝，擬唐似唐，擬宋似宋，凡古人之所長，無不兼之，振元末纖穠縟麗之習，而返之於古，啓實爲有力。』李東陽亦謂：『國初稱高、楊、張、徐，高才力聲調過三人遠甚，百餘年來亦未見有卓然過之者。』可見青邱詩明時早有定論矣。

啓與楊基、張羽、徐賁并稱『四杰』。基詩頗染元習，李東陽謂其《春草詩》最傳，徐泰謂其『天機雲錦，自然美麗，獨時出纖巧，不及高啓之冲雅』。王世貞謂其『情至之語，風雅掃地』。朱竹坨推重其五言古體。要之，爲青邱之亞。張羽爲明初四杰，以詩不以文，然竹坨於羽頗著微辭。程孟陽則謂：『五言古詩學杜學韋，各有神理。樂府、歌行，材力馳騁，音節諧暢，不襲宗格調。七律詩清圓渾脱，不事雕繪，全是唐音。』是又推崇備至。徐賁才氣不及三人，而法度謹嚴，字句熨貼，又别爲一格。要之，青邱爲四杰之冠冕云。

貝瓊則學詩於楊鐵崖。張以寧在元末已擅名，人呼爲『小張學士』。袁凱以《白燕詩》得名，嘗在鐵崖座，客有出所賦《白燕詩》，凱微笑别作一篇以獻，鐵崖大驚，遍示座客，人遂呼爲『袁白燕』。李東陽謂『袁專學杜，蓋能極力摹擬，不但字面、句法，并其題目亦效之』。李夢陽謂『海叟師法子美，集中《白燕詩》最下最傳』。何景明謂『海叟歌行法杜，他作不盡是，必自漢魏得來』。漁洋則以爲遠非青邱之匹，然其詩固得力於杜者。

其後孫蕡、周忱、翟佑、王佐諸人，詩多卓著，而林鴻尤爲閩派詩人之祖，至今談閩詩者，必首及鴻。永樂而還，崇高臺閣體詩，多趨於雍容平易一派。

李東陽詩雅馴清徹，格律嚴整，得唐人之風致，李夢陽後雖毁之，始亦嘗出其門下。夢陽與何景明及康海、王九思、徐禎卿、王廷相、邊貢爲『弘正七子』，又有『四杰』『十才子』之目。夢陽倡言『詩必盛唐』。王維楨謂『七言律自杜甫以後，善用頓挫倒插之法，惟夢陽一人』，景明謂『詩溺於陶，謝力矯之，古詩之法亡於謝』，論似奇闢而詩則秀逸穩稱。蓋一則雄渾悲壯，鼓蕩飛揚；一則秀朗俊逸，回翔馳驟，固同學少陵而所造各异者。康海、九思擅長曲調，詩亦可誦。徐、邊、廷相時有警策，錢谦益謂其『摹擬剽竊同於嬰兒學步』，未免詆之過甚矣。甌北亦謂：『後來學唐詩者：李、何輩襲其面貌，仿其聲調，而神味索然，則優孟衣冠矣。』此亦不滿意於七子之詩也。

楊慎亦與景明諸人游，詩文亦不屬唐以後體格，其詩更含吐六朝，於明代能獨立門户。薛蕙亦與何、李相唱和，其古體上挹晋宋，近體旁涉錢、郎，取徑近於信陽，而稍遠於北地，故有俊逸粗豪之語。高叔嗣初受知於夢陽，其詩擺脱窠臼，自抒性情，乃與夢陽异，此亦於七子外能自成家者。

李攀龍、王世貞與徐中行、宗臣、梁有譽、謝榛、吴國倫爲『嘉靖七子』。攀龍倡立詩社，王世貞諸人相繼入社，其詩自天寶以下輒不爲。《白雪樓》名著於海内，主盟壇坫，吟咏自豪。世貞繼執牛耳二十年。山人詞客，衲子羽流，莫不奔走門下，片言褒賞，聲價驟起。其詩力主盛唐，晚年漸歸平淡。與王、李相抗者惟一謝榛，始相莫逆，既而布衣，高論不爲同社所容，攀龍鄙以眇君子，世貞并削其名，然七子論詩之旨，固有榛發之。今讀其《四溟集》及《詩話》，可知其學力矣。至徐、梁諸人，雖規摹有迹，而古意未亡。吴雖稍遜，而世貞之後亦主詩盟。總之，『後七子』亦皆取法於唐也。

厥後『公安三袁』起，宗道力排王、李之説，於唐好白樂天，於宋好蘇東坡，名其齋曰『白蘇』。其弟宏道、中道益矯以清新輕俊，學者多捨王、李而從之，然戲謔嘲笑間雜俚語，空疏者便之而詩道淪替矣，故以贋古譏七子，實則變而適得其俗也。鍾惺、譚元春又起而矯之，一變而爲幽深孤峭，未免流入僻澀一途，其評選唐人之詩曰《唐詩歸》，隋以前詩爲《古詩歸》。人謂其詩曰『竟陵體』。此二派大爲世之所譏。朱竹垞謂：『公安矯歷下、婁東之弊，倡淺率之調，以爲浮響；造不根之句，以爲奇特；用助語之辭，以爲流轉。着一字務求之幽晦，構一題必期於不通。《詩歸》出而一時紙貴，閩人既降心以相從，吴人亦聞聲而遥應，無不奉一言爲準的，入二竪於膏肓，取名一時，流毒天下，詩亡而國亦隨之矣。』蓋深嫉公安、竟陵者也。

明末詩家輩出，如牧齋、梅村輩皆仕於清，當歸入清討論之。

## 壬　清

明末詩人陳子龍繼世貞而興，雲間一派，力摹《大雅》，詩學後興。其時牧齋、梅村與龔芝麓稱爲『江左三大家』。錢詩出入李、杜、韓、白、蘇、陸、元、虞之間，才力富健，學問宏博，高情逸致，卓然大家。漁洋以詩贄見，欣然爲序，《感舊集》以錢爲冠，梅村亦云『集众長而掩前哲，其在虞山乎？』惟其集曾經詔毁，録而被削，今則《初學集》《有學集》《投筆集》已爲世所共見矣。梅村以詩倡海内，世多宗之。《四庫書目》稱其『少作才華艷發，吐納風流，有藻思倚[二]合，清器[三]芊綿之致。及乎遭逢喪亂，閲歷興亡，激楚蒼凉，風骨彌爲遒上』。暮年蕭瑟，論者以庾信方之。其中歌行一體尤所擅長。格律本乎四杰，叙述類乎香山，而風華爲勝。韵協宫商，感均頑艷，一時尤稱絶調。牧齋云：『梅村之詩始可學而不可能，而又非可以不學而能者也。其精求乎韓、杜二家，而吸取其神髓，而佽助之眉山、劍南，斷斷乎不能窺其籬落，識其阡陌。』雖未免溢美，而確有所見。芝麓詩多香艷，輒賦閑情。汪鈍翁《説鈴》曰：『合肥龔先生作詩文，下笔數千言立就，詞藻繽紛，都不點竄，爲内廷所知，以爲龔某真才子也。』

亭林、梨洲不專以詩名，然顧詩沉雄，黄詩婉麗。朝宗、叔子亦并能詩。他若牧齋稱程嘉燧以唐人爲宗，熟精李、杜二家；吴兆學謝朓、何遜，『新安二布衣』名滿天下。曹溶詩名并合肥姜埰詩，發乎性情，本乎忠孝，多取法於柴桑、浣花。尤西堂才思横溢，丽藻缤纷。鄺露、屈大均爲粤派詩人，大均與陳恭尹、梁佩蘭爲『岭南三大家』。陳其年《篋衍集》所録，皆選擇至精。此皆清初詩家之魁杰也。

繼起者有宋琬、施閏章，有『南施北宋』之稱。漁洋云：『康熙以來，詩人無出其右。宋詩頗擬放翁，五言古歌行，時闖杜、韓之奥。』又云：『昔人論《古詩十九首》，以爲驚心動魄，一字千金。愚山送梅子翔云云，此雖近體，豈愧《十九首》耶？』沈歸愚云：『宋以雄健磊落勝，施以温柔敦厚勝，各自擅場。』甌北則謂：『愚山以儒雅自命，稍嫌腐氣，荔裳則全學晚唐，無深厚之力。』於二人微有貶辭。

新城昆弟崛起詩壇，徐釚云：『西樵詩歌，老蒼几傲，酷似劍南、眉山。有時闌入綺語，風骨遒媚，且善於運古，不見使事之迹。』阮亭早歲爲牧齋所知，明湖《秋柳》，和者数百人。在揚州修禊虹橋，又修禊於如臯冒氏之水繪園，公餘泛舟載酒於平山堂。梅村所謂『貽上在廣陵，晝了公事，夜接詞人』是也。其詩獨標神韵，籠罩百家，壇坫主盟，洵無愧色。

同時汪琬稱詩都下，漁洋云『忝與齊名』。宋犖詩古體主奔放，近體主清新，意在規摹東坡。漁洋有『誰識朱顔兩年少，王揚州與宋黄州』句。田雯負其縱横排奡之氣，欲以奇麗駕漁洋而上之，沈歸愚所謂『山左詩家另開一徑』者。程可則詩俊偉騰踔，聲光熊熊，

[二] 倚，《四庫全書總目》作『綺』。
[三] 器，《四庫全書總目》作『麗』。

亞於漁洋，在劉體仁、董文驥之右。曹爾堪强識博聞，彭孫遹詞氣和平，并一時之選。冒襄、毛奇齡、吴綺、陳維崧，雖不專以詩名，或則惆悵纏綿，或則驚才絶艷，詩皆卓絶。

朱彝尊詩牢籠萬有，兼擅衆體，頡頏施、宋之間，與漁洋分立南北詩壇者五十餘年。梅村評其詩，評曰：『若遇賀監，定有謫仙人之目。』汪鈍翁曰：『朱十彝尊，詩人俊逸。』盖惟竹垞差足與漁洋相抗矣。漁洋於吴雯謂：『漢魏以來，二千餘年，詩家雖爲仙才者，曹子建、李太白、蘇子瞻三人耳。本朝作者如林，獨以仙才許天章焉。』洪昇名滿京師，漁洋及門中在天章之下、餘子之上。崔不雕以《黄葉詩》見賞，此皆漁洋門人之矯矯者。

時與漁洋相忤者，惟趙執信著《談龍録》一書，持論與漁洋齟齬，獨心折常熟馮班，嘗謁其墓。蓋漁洋以神韵縹緲爲宗，秋谷以思路巉刻爲勝，兩不相侔者也。崛起其間，能獨占一席者，其查慎行乎？初白曾從黄梨洲游，梨洲嘗比其詩於放翁，漁洋則謂『奇創之才，初白勝游。綿至之思，游遜初白』。甌北謂：『漁洋專以神韵勝，但可作絶句，終不足八面受敵爲大家。竹垞亦負海内盛名，至令猶朱、王并稱。然竹垞不專以詩傳，且其詩初學盛唐，格律堅勁，不可動摇，中年以後，恃其奥博，盡弃格律，欲自成一家，如《玉帶生歌》，固足推倒一世，其他則頹唐自恣，不加修飾，究非風雅正宗。故梅村後欲舉一家，列唐宋諸公之後，實難其人。惟查初白才氣開展，工力純熟，鄙意欲以繼諸賢之後。』又曰：『當其少時，即帶慷慨沉雄之氣，不落小家。入京以後，角逐名場，奔走衣食，閲歷益久，鍛煉益深，氣足則調自振，意深則味有餘，得心應手，幾乎無一字不穩愜。其他摹寫景物，脱口渾成，其餘技也。惟書卷較少，故稍覺單薄，且少年急於求知，投贈公卿，動千百言，殊嫌繁冗，兼自減身分，此則其詩之可議者。要其功力之深，則香山、放翁後一人而已。』其詩最多，讀《甌北詩話》之『摘句圖』，可覘崖略。

其後漁洋『神韵之説』已漸不饜於衆，沈歸愚創爲『格調説』，袁枚創爲『性靈説』。歸愚古體宗漢魏，近體宗盛唐，尤服膺老杜，繼武漁洋爲詩壇盟主，選五朝别裁詩，沾溉士林，然有論爲守正而庸者。

子才與蔣士銓、趙翼稱『乾隆三大家』。隨園詩主性靈，著作甚富，有時流於諧謔，不免輕佻之弊，編輯詩話尤見炫名，閨圖女流亦争執贄，然才大詞腴，固是一朝作者。甌北學問淵博，著作繁多，其詩才氣縱横，莊諧兼作，或評其詩曰：『雖不及杜子美，已過楊誠齋矣。』甌北傲然曰：『吾自爲趙詩耳，安知唐宋？』所著《詩話》論列詩學尤精。心餘善於製曲，所爲詩則凄愴激楚，异於袁、趙。《洪北江詩話》曰：『袁簡齋如通天老狐，醉後露尾；趙雲崧如東方正諫，時雜詼諧；蔣心餘如劍俠入道，尚餘殺機。』而簡齋得名尤盛。

杭世駿自言詩學不如厲樊榭。齊召南特嗜之，常集蘇詩及堇浦詩爲一卷，曰《蘇杭集句》。厲鶚詩精深峭潔，自樹一幟，於南宋事尤考證精詳，亦主盟大江南北者有年。此外，舒位之《瓶水齋》，王曇之《烟霞萬古樓》，孫原湘之《天真閣》，世稱三君。甌北見舒鐵雲詩，以爲『斯文在兹，君是替人』。仲瞿詩之奇持〔一〕沉鬱，子瀟詩之麗逸沉摯，均卓然名家。又如鄭燮自序其詩曰：『余詩格卑卑，七律尤多放翁習氣。』然才調不羈，要非劍南一派。張問陶、黄景仁、洪亮吉、黄莘田、吴錫麒諸人，均屬一代名家，其後龔定盦詩尤奇麗可喜。近人如俞樾、李慈銘，皆以淵雅博覽見長，詩亦爲時推服。

要之，清代詩家卓越，前代乾嘉以上，尤稱極盛，略舉數家，已嫌辭費，且各有專集可以瀏覽，即《漁洋感舊集》《清朝别裁詩》亦搜羅甚富。蓋清詩所詣，奄有唐宋之長，人才蔚盛，其庶幾乎？

〔一〕持，疑爲『特』之誤。

# 三、詩之體裁及名目

近人論詩每喜言體格，如文家之桐城、陽湖，截然不可混者，以爲不由此即不可言詩，不學此即不能成家。余最不信此説，蓋人之才力、心思各有所詣，必摹擬前人之體格，而就其範圍，以爲逼近某家，則反失其真善乎。趙甌北之言曰：『吾自爲趙詩耳，安知唐宋？』惟古人詩體已備，後人性情境遇學問才具，容或有與之相近者，并非摹擬爲工也。即或有得力於某家而終自成一體者，如義山學杜而適成爲玉溪詩，荆公亦學杜而適成爲半山詩。鍾嶸所謂源出於某者，亦非必謂即是某詩也。雖然，古人之體格不必拘，而其中各種體裁及時代人物之分别，則不可不知，以爲詩學之研究。兹先録各詩之體裁、名目以供參考。

有樂府體（漢武帝定郊祀，立樂府，采趙代秦楚之謳以入樂府，以其音辭可被於管弦也）、古體（五古、七古、歌行皆是）、近體（律詩、絶詩皆是）。五古有短古、有長古、平韵五古、仄韵五古、换韵五古各體；七古有短古、長古、平韵到底不换韵、仄韵到底不换韵（二體韓、蘇居多）。一韵到底，句句用韵（如昌黎之《陸渾山火》）、兩句一换韵（如岑參之《輪臺歌》）、三句一换韵（如岑參之《走馬川行》）、四句一换韵、六句一换韵、八句一换韵（三體初唐盛唐皆有）。前平後仄韵，前仄後平韵，隔句用韵，忽連数句用韵（三體李、杜皆有）。句句用韵，忽隔一句不用（太白多有之）。各體五七言律，有正體，有拗體（平仄有不調不粘處，李、杜多有）。八句全對（杜詩有之）、八句全不對（太白有之）、三四兩句不對、五六兩句不對（唐詩每有之）。各體五七言絶詩，有四句全對（杜詩多有）；四句全不對；前二句對，後二句不對；前二句不對，後二句對各體（諸家多有之）。七絶又有竹枝體、柳枝體、宫詞體（諸體唐人多有）。諸體中又有連章體（如曹子建《贈白馬王彪》是也）、雜詩體（如《古詩十九首》、阮公《咏懷》、杜工部《秦州雜詩》皆是也）、聯句體（如韓、孟聯句是也）、集句體、次韵體、用韵體、贈答體、唱和體、擬古體（如江淹《擬古》三十餘首之類）、咏史體（如左太冲《咏古》之類）、咏物體（如陸機《園葵》之類）。

又有曰辭者（漢武帝《秋風辭》、樂府《木蘭辭》之類），曰吟者（諸葛亮《梁父吟》、卓文君《白頭吟》之類），曰咏者（顔延之《五君咏》之類），曰謡者（沈炯《獨酌謡》、王昌齡《箜篌謡》之類），曰調者（李白《清平調》之類），曰引者（《古有霹靂引》《走馬引》之類），曰弄者（古樂府《江南弄》之類），曰曲者（梁簡文《烏棲曲》之類），曰操者（伯牙《水仙操》、孔子《龜山操》之類），曰篇者（曹子建《名都篇》之類）。

有口號（四句八句均有隨口而號之也），又有以嘆名者（古有《楚妃嘆》），以愁名者（張衡有《四愁》），有以哀名者（曹植、王粲有《七哀》），有以怨名者（有《寒夜怨》《玉階怨》），有以思名者（李白有《靜夜思》），有以别名者（杜甫有《無家别》諸篇）。

以上雜録詩之體裁名目，間采嚴滄浪説。

滄浪又云：『以時而論，則有建安、黄初、正始、太康、元嘉、永明、齊梁、南北朝、初唐、盛唐、大曆、元和、晚唐、本朝、元祐、江西宗派各體。

以人而論，則有蘇、李、曹、劉、陶、謝、徐、庾、沈、宋、陳拾遺、王、楊、盧、駱、張曲江、少陵、太白、高達夫、孟浩然、岑嘉州、王右丞、韋蘇州、韓昌黎、柳子厚、韋、柳、李長吉、李商隱、盧仝、白樂天、元、白、杜枚之、張籍、王建、賈浪仙、孟東野、杜荀鶴、東坡、山谷、後山、王荆公、邵康節、陳簡齋、楊誠齋各體。

又有所謂選體，柏梁體、玉臺體、西昆體、香匳體、宫體。』

以上録滄浪所述之各體。

清乾隆時，王楷蘇《骚壇八略》云：『余按嚴滄浪宋人，故所録以時、以人諸體，至坡、谷、誠齋諸人而止，如陸放翁、范石湖皆未之及，今自南宋迄於前明諸體列於後以備參考。至本朝名公巨卿、騷人墨客，卓然成家，各自名體者，指不勝屈，當更徐爲論列云。』

按：清詩如牧齋體、梅村體，漁洋之神韵，歸愚之格律，子才之性靈，本各自成一體，兹但録王氏所補各體如下。

以時而論，則有南宋、宋未[一]、金詩、元詩、明詩、永樂、弘治、正嘉、隆萬、明末各體。

以人而論，則有尤蕭范陸、尤楊范陸、朱文公、范石湖、陸放翁、鄭德源、劉方、四靈、周益公、謝皋羽各體。元有虞、楊、范、揭、楊維楨、李孝光、吳淵穎、薩都剌、張翥、趙孟頫、郝經、倪瓚各體。明有劉伯温、高季迪、袁景文、楊孟載、張志道、徐幼文、張來儀、高典籍、激、蔡松年、高士談、趙、楊、黨、王、劉迎、李汾、辛愿、劉趙雷李、張杜王麻、元遺山各體。金有宇文虚中、吳

[一] 未，應作『末』。

李賓之、李何、邊廷實、徐昌穀、王子衡、楊用修、薛高四、皇甫[一]、李滄溟、王元美、謝榛、高攀龍、陳大樽略[二]體。

按：元之楊鐵厓體，即楊維楨；明之茶陵體，即李東陽。餘如袁宗道、宏道、中道之公安體，鍾惺、譚元春之竟陵體，亦宜列入三楊之臺閣體，則不專屬詩。又明初高啓與楊基、張羽、徐賁爲明初四杰，稱高楊張徐體。前後七子又并稱爲七子體，此皆以時代人物爲區分，讀詩者不可不知其概略也。

至其中所述樂府、擬古、和詩、聯句，餘及回文、離合、建除、偏旁、雙聲、叠韵各體，兹亦依類略述之，以見大凡。

《文心雕龍》云：『樂府者，聲依韵[三]，律和聲也。』又云：『武帝崇禮，始立樂府。』郭茂倩《樂府詩集》分爲十二類，曰郊廟歌辭、燕射歌辭、鼓吹歌辭、横吹歌辭、相和歌辭、清商曲辭、舞曲歌辭、琴曲歌辭、新曲歌辭、近代曲辭、雜謡歌辭、新樂府辭。古時樂府皆可歌，本與詩一類。胡應麟謂：『《三百篇》薦郊廟，被管弦，詩即樂府，樂府即詩也。詩亡樂廢，屈、宋代興，《九歌》等篇以侑樂，《九章》等作以抒情，於是歧途兆矣。』漢武别定新聲，延年以曼聲協律，相如以骚體製歌，故胡氏又曰：『漢《郊祀》十九章與《古詩十九首》，不相爲用，詩與樂府，門類始分，然厥體未甚相遠。如「青青園中葵」「盈盈樓上女」，靡非樂府也。』按：樂府命題名稱不一，總稱之曰樂府。魏晋之世，已變古意，梁陳而降，漸近律體，題則樂府，調則新辭。至唐則樂府體製又更去古益遠。《詩體明辨》所謂歌行，有有聲有詞者，樂府所載諸歌是也；有有詞無聲者，後人所作諸歌是也，其名多與樂府同，而曰咏、曰謡、曰哀、曰别，則樂府所未有。盖即事名篇，既不沿襲古題，而聲調亦復相遠，乃詩之三變也。於是樂府之真意亡矣。

擬古一體，魏晋迄南北朝擬古樂府盛行，諸集中幾無不有此作，若陸機之《擬古詩十九首》，陶潛、鮑照、范雲等均有擬古詩，且有擬一人詩體者，如江淹《雜體詩》、謝靈運《擬魏太子鄴中集詩》。鮑照學劉公幹體、學陶彭澤體，梁簡文戲作謝惠連體，及白香山效陶潛體，蘇東坡擬陶詩之類，指不勝屈，皆以摹擬古人爲長者也。

和詩則顔延之有《和謝靈運詩》，鮑照有《和王丞詩》，謝莊有《和元日雪花應詔詩》，王融有《和何點》及《和竟陵王郡縣名詩》等。梁陳以降，此風頗盛，沿及有唐，尚多和其詩不和其韵，如杜甫、岑參、王維《和贾至早朝大明言[四]之作》，無有襲其韵者。和韵

[一] 薛高四疑有误字，皇甫後疑有脱字。
[二] 略，應是『各』之訛。
[三] 韵，《文心雕龍》作『永』字。
[四] 言，應是『宫』字。

始見於梁武帝同王筠《和太子懺悔詩》，以後至元、白乃踵行之，如白居易《東南行一百篇〔二〕》，元微之亦依韵和之，皮、陸松陵唱和則專以和韵爲工。《詩人玉屑》云：「東坡《和柳子玉岡宋〔三〕韵詩》至七篇，貫穿精絶」，又引室中語云：『平日雖有次韵詩，然性不喜爲，嘗云：「古人不和，况次韵乎。」』《滄浪詩話》曰：『和韵最害人詩。古人酬唱不次韵，此風始盛於元白、皮陸，而本朝諸賢乃以此鬥工，遂至往復有八九和者。』可見和詩以外，若和韵、次韵偶一爲之，亦見才思，惟非作詩正軌耳。余有時喜作次韵詩，蓋既有範圍，不必憑虚搜索也。然非多讀書，善於運用於韵字，未免牽合即不足觀。

聯句如漢武帝柏梁臺君臣唱和，每人一句一韵七言，即聯句也。梁武帝與任昉、徐勉等清暑殿效柏梁體聯句，元帝宴清言殿作柏梁體，唐中宗誕辰内殿宴聯句效柏梁體，皆一人一句一韵。淵明聯句五言，一人四句。鮑照、王融、謝朓、庾肩吾均有聯句詩，何遜尤多，皆一人四句。韓愈、孟郊城南聯句，押八庚，多至一百餘韵。其體與今之聯句同，第一句首唱，孟郊二三句，韓愈四五句，孟郊以下遞推，末以一句作結。又有韓愈、孟郊、張籍等會合聯句，其余鬥雞聯句、納凉聯句、秋雨聯句等，此體獨多。

回文詩始於竇滔妻蘇氏織錦寄夫，蓋顛倒回環，均能成詩也。又如王融《回文詩》曰：『枝分柳塞北，葉暗榆關東。垂條逐絮轉，落蕊散華叢。池蓮照曉月，幔錦拂朝風。』云云。梁元帝《後園回文詩》曰：『斜峰繞徑曲，聳石帶山連。花餘拂戲鳥，樹密隱鳴蟬。』簡文《和湘東回文》云：『枝雲間石峰，脉水侵山岸。池清戲鵠聚，樹秋飛葉散。』庾信亦有和詩，唐宋均有此體。明高啓七言《回文》云：『風簾一燭對残花，薄霧籠寒翠袖紗。空院别愁驚破夢，東闌井樹夜啼鴉。』雖近雕琢，而遣詞巧合，此體心思綺密者，不能作也。

離合詩始於孔融，如『漁父屈節，水潛匿方（離「魚」字）。與時進行，出寺弛張（離「日」字，「魚」「日」合成「魯」）。吕公磯釣，闔口渭旁（離「口」字）。九域有聖，無土不王（離「或」字，「口」「或」合成「國」）。好是正直，女回于匡（離「子」字）。海内有截，隼逝鷹揚（當離「乙」字，恐古文與今文不同，合成「孔」也）。六翮將奮，羽儀未彰（離「鬲」字）。蛇龍之執，俾也可忘（離「虫」字，合成「融」）。玫璇隱曜，美玉韜光（去「玉」成「文」，不須合）。無名無譽，放言深藏（離「與」字）。按轡安行，誰謂路長（離「才」字，合成「舉」字）。』謝靈運《離合詩》：『古人遠信次，十日眇未央。加我孤繾綣，口咏情亦傷。劇哉歸游客，處子勿相忘（「别」字）。』謝惠連、庾信亦有此體。沈炯離合隱『閑居有樂』四字。王融有《離合賦物》，東坡《離合『硯蓋』二

〔二〕 篇，應是『韵』字。
〔三〕 宋，應是『字』字。《詩話總龜》卷二十二載，蘇軾與柳子玉唱和，用『岡』字韵。

字尤顯豁詩》云：『硯石猶在，峴山已頽。姜女既去，孟子不來。』皮、陸有藥名離合、地名離合、題字離合、藏古人名等，與上不同，藥名云：『乘興着來幽砌滑，石罌煎得遠泉甘。草堂祇待新秋景，天氣微凉酒半酣。』《縣名》云：『雲容覆枕無非白，水色侵磯直是藍。田種紫芝餐可壽，春來何事戀江南？』皮《晚秋吟》曰：『東皋烟雨歸耕日，免去黄冠首刈木[二]。火滿酒罏詩在口，今人無計奈儂何。』皮《藏古人名》云：『北顧歡游悲沈宋，南徐陵寢歎齊梁。水邊韶景無家柳，寒被江淹一半黄。』其先，權德輿已有斯體，如『年紀信不留，弛張良自愧。樵蘇則爲愜，瓜李斯可畏』云云。王安石亦有『莫嫌柳渾青，終恨李太白』句。此與下列各體，皆游戲之作也。

建除體以建、除、滿、平、定、執、破、危、成、收、開、閉十二字冠於句首。此本鮑照所創，其詩曰：『建旗出燉煌，西討屬國羌。除去徒與騎，戰車羅萬箱。滿山又填谷，投鞍合營牆。平原亘千里，旗鼓轉相望』云云。范雲、沈炯亦有此詩，黄山谷喜仿之，又有八音詩，以金、石等字冠於句首，二十八宿詩以二十八字嵌於句内，則山谷所創也。鮑照又有數名詩，如『一身仕關西，家族滿山東。二年從車駕，齋祭甘泉宫。三朝國慶畢，休沐避舊邦。四牡耀長路，輕蓋若飛鴻』云云，至十而止。沈炯六甲詩，如『甲拆開衆果，萬物具敷榮。乙飛上危幕，乳雀出空城』云云。十二屬詩如『鼠迹生塵案，牛羊暮下來。虎嘯生空谷，兔月向窗開』云云，後人亦多仿爲之。又如王融《四色咏》之『赤如城霞起，青如松露澈。黑如幽都雲，白如瑶池雪』。皆此類也。

偏旁如沈炯《口字絶句》之『嚚嚚宫閤路，靈靈谷口間。誰知名器品，語嘿各崎嶇』。山谷專用偏旁之『逍遥近逍遥[三]，憩息慰憔懣。草萊荒蒙蘢，室屋壅塵坌。僮僕侍偪側，涇渭清濁混』。真所謂以筆墨作游戲矣。

雙聲疊韵體，如王融《雙聲》之『迴鶴横淮翰，遠越合雲霞』。梁武帝與沈約《疊韵》之『後牖有朽柳，偏眠船舷邊』。陸龜蒙《雙聲》之『迎魚隱映開，安問鷗鴉鵜』，《疊韵》之『瓊英輕明生，石脉滴瀝碧』。皮日休《雙聲》之『疏松低通灘，冷鷺立亂浪』。《疊韵》之『荒篁香牆匡，熟鹿伏屋曲』。《甌北詩話》『雙聲體』曰：『東坡有口吃詩，使口吃者讀之必噴飯，然此本雙聲體。』唐人姚合《洞庭蒲桃架》云：『葡藤洞庭頭，引葉漾盈摇。皓潔鈞高挂，玲瓏影落寮。陰烟壓庭屋，濛密夢冥苗。清秋青且翠，冬到凍都凋。』是唐人亦皆此體，非坡創也。此皆類於俳詩，固不獨『溪西雞齊啼，屋北鹿獨宿』爲人所傳誦矣。

此外，鳥名、樹名、藥名、縣名、卦名，及咏物之過於纖巧者，皆文人弄巧使才之作，不備舉。

[二] 木，應作『禾』字。
[三] 逍遥，應作『道邊』，據《山谷詩集注》改。

# 四、古近體詩意境與作法之不同

## 甲　五古

《滄浪詩話》云：『有古體，有近體（即律詩也），有絶句。』今人謂五七言古爲古詩，律詩、絶詩爲近體，往往有長於古詩而拙於近體者，長於近體而拙於古詩者。洪北江謂：『詩各有所長，即唐宋大家亦不能諸體并美。每見今之工律詩者，必强爲歌行、古詩，以掩其短，其工古體者亦然，是舍其所長，用其所短。』云云。是兩體不能兼長，古人且然，如太白則古勝於律，少陵則律多於古，固不能執一而以概其余也。雖然，古、近體作法之大概，雖不能盡，固可得而言焉。

沈歸愚云：『風、騷既息，漢人代興，五言詩爲標凖矣。』夫自漢迄隋，相沿已久，齊梁及陳已有律之趨勢，學者概目爲古詩，與近體判，然實近體之源也。漢人稚而樸，直而婉，辭足以載其情，而肆力處乎自然，不專注乎辭，而辭氣自厚，觀《古詩十九首》自見。建安標格秀俊，雖真氣未漓而字句漸趨緻密，自與蘇、李不同。然漢魏詩究宜通首連讀，氣骨神理始完。歸愚謂：『漢魏詩只是一氣轉旋，晋以下始有佳句可摘，此詩運升降之別。』斯語可熟玩之也。

自詩有咏史，於是多剪裁故事以入詩；自詩有咏物，於是多雕琢辭句以爲詩。此風雖非始於晋，而晋人多爲之，至宋、齊、梁、陳而大備，此與作詩辭句至有關係。左太冲《咏史》之『朝集全[一]張館，暮宿許史廬』『蘇秦北游説，李斯西上書』，顔延之《五君咏》之『鸞翮有時鎩，龍性誰能馴』，謝朓、張子房之『鴻門销薄蝕，垓下隕欃搶』，此剪裁故事也。陸機《園葵詩》之『豐條并春茂，落葉後秋哀』，沈約《脚下履》之『逆轉珠佩響，先表綉鞋香』，劉孝綽《棋燭》之『側光全照局，回花半隱身』，梁簡文《中婦織流黄》

[一] 全，應作『金』字。

之『調絲時繞腕，易聶乍牽衣』，此雕琢辭句也。同是對偶，晋人選辭猶近樸直，宋以下則工組織矣。然此固題爲之也，若不見修辭之迹，而自見修辭之妙者，則張協《雜詩》之『房櫳無行迹，庭草萋以緑』，謝朓《酬王晋安詩》之『春草秋更緑，公子未西歸』，同用《楚辭》之『王孫游兮不歸，芳草生兮萋萋』。張句則上句暗用，下句明用，而以『緑』字點綴之，『庭』字與『房櫳』字關合，此融化入妙也。謝句神韵殊勝而耐人思索，是又一蹊徑。王摩詰之『春草明年緑，王孫歸不歸』，又轉作盼望語，可見同一連用，意思、神韵均異。總之，景陽詩之耐咀嚼也。

陸機才高詞贍，舉體華密，詞藻豐麗，但氣骨已弱於建安，沈歸愚稱爲通瞻自足而絢彩無力，遂開出排偶一家。降自齊梁，專工隊〔一〕仗，邊幅復狹，未始非陸氏爲之濫觴。《文賦》云：『詩緣情而綺靡。』未免失之塗澤，然擬古諸作亦未必全出於此，至顔延之則其鋪錦列綉，雕繪滿眼矣。故五言而以華麗雕刻爲工，終不若謝靈運之『池塘生春草，園柳變鳴禽』『首夏猶清和，芳草亦未歇』，謝朓之『余霞散成綺，澄江静如練』『紅藥當階翻，蒼苔依砌上』，『生』『變』『猶』『亦』『散』『净』『翻』『上』等字，不着痕迹，出於自然之爲至精也。

至於陶詩清淡不可及，似無從見字句之妙。東坡云：『「采菊東籬下，悠然見南山。」而無識者以「見」爲「望」，不啻碔玞之與真玉。「見」字是不加修飾之妙，「望」字則失之俗，且不合神理，此亦不可不知。』蓋『采菊』與『見山』本非一事，正當采菊忽見南山，『見』字出於無意，『望』字則有意矣。山谷云：『寧律不諧而不使句弱，寧用字不工不使語俗。此庾開府之所長也。至於淵明，則所謂不煩繩削而自合者。雖然，巧於斧斤者多疑其拙，窘於檢括者輒病其放。淵明之拙與放，豈可爲不知者道哉？』故用字之的當，全從體會得來，情與理均在其中矣。

沈歸愚云：『子山詩不專造句，而造句亦工。』舉《從軍》之『地中鳴鼓角，天上下將軍』、《軍行》之『塞迴翻榆葉，關寒落雁毛』等句，即老杜所謂清新語，誠哉是也。余謂《舟中望月》之『山明疑有雪，岸白不關沙』，亦極自然之致，豈盡以藻采爲工乎？徐陵《山齋》之『山寒微有雪，石路本無塵』亦然。此種句法雖似律體，亦是趨勢使然，而一使人想像而得之，一使人一見而知之，則境界迥不相同，如但以梁、陳、隋之專尚琢句言，則庾肩吾之『雁與雲俱陣，沙將蓬共驚』『殘虹收宿雨，缺岸上新流』『水光懸蕩壁，山翠下添流』、陰鏗之『鶯隨入户樹，花逐下山風』、江總之『露洗山扉月，雲開石路烟』、隋煬帝之『鳥驚初移樹，魚寒欲隱苔』，皆成名句，然比之小謝之『天際識歸舟，雲中辨江樹』，痕迹宛然矣。若淵明之『采菊東籬下，悠然見南山』『平疇交遠風，良苗亦懷新』，

〔一〕隊，應爲『對』字。

中有元化自在流出，烏可以道里計？歸愚已明白言之矣。

至唐人五古則各有説，郎廷槐《師友詩傳録》云：『問：「李滄溟稱唐人無古詩。蓋言唐人之五古與漢魏亦〔一〕朝自别也。唐人七言古詩誠掩前絶後，奇妙難蹤，若五古似不能相頡頏。滄浪之言，果爲定論歟？」漁洋答：「滄溟論五言謂『唐無五言古詩，而有其古詩』，此定論也。虞山錢氏但截取上一句，以爲滄溟罪案，滄溟不受也。要之，唐五言古固多妙緒，較諸《十九首》、陳思、陶、謝，自然區别。」張歷友云：「世無印板詩格，前與後原不必其盡相襲也。歷下之詩，五古全仿《選》體，不肯規摹唐人，七古則專學初唐，不涉工部，所以有『唐無五言古詩』之説也。究竟唐人五言古皆各成一家，正以不依傍古人爲妙，亦何嘗無五言古詩也？」』説雖小异，而言唐人自有其五言古詩則同。

《漁洋詩話》云：『作古詩須先辨體，無論兩漢雖〔二〕至，苦心摹仿，時隔一塵，即爲建安，不可墮落六朝一語。爲三謝，不可雜入唐音。小詩欲作王維，長篇欲作老杜，便應全用其體，不可虎頭蛇尾，此王敬美論五言古詩法。予向語同人，譬如衣服，錦則全體皆錦，布則全體皆布，無半錦半布之理，即敬美此意。又嘗論五言，感與〔三〕宜阮、陳，山水間適宜王、韋，亂離行役、鋪張叙述宜老杜，未可限以一格，亦與敬美同。』

又郎廷槐問：『五古句法宜宗何人？從何人入手簡易？』漁洋答：『《十九首》如天衣無縫不可學，陶淵明純任真率、自寫胸臆，亦不易。學六朝則二謝、鮑照、何遜，唐人則張曲江、韋蘇州數家，庶可宗法。』此論亦學者所宜取法。

陳祚明謂：『初盛唐密邇六朝，人各有所宗法，如陶、謝、庾、鮑、陰、何，自太白、少陵亹亹於兹，故所詣卓中晚之衰也。即奉唐人爲典型，故調益靡。今既目古詩爲五言一體，易視之，其爲近體，僅僅切磋唐人之矩度。』云云。又曰：『近體，古詩之流也。唐人之更爲古詩，極而思返也，然世彌遠，風彌殊，梁陳詩雖近律而古於律，唐人五言古詩不爲梁陳近律之詩，而終非古詩。故因近體以溯梁陳，因梁陳以溯晋宋，要其歸於漢魏，此詩之源也。』兩説均言五言古詩當求之於古，僅僅取法於唐則失之矣。

沈歸愚云：『唐顯慶、龍朔間，承陳、隋之遺，幾無五言古詩矣。陳子昂力掃俳優，仰追曩哲，《感遇》等章何异黄初、正始間也？張曲江、李供奉繼起，風裁各异，原本阮公。唐體中能復古者，以三家爲最。』此則薄陳隋而崇魏晋之説也。

總之，唐人五古從六朝得來，六朝從漢魏蜕化，惟時代升降，辭句、氣體亦隨之而异。有云『六朝一語百媚，漢魏一語百情，唐人

〔一〕亦，應爲『六』字，《師友詩傳録》作『六』。
〔二〕雖，應爲『難』字，《漁洋詩話》作『難』。
〔三〕與，應爲『興』字，《漁洋詩話》作『興』。

未易辨此。』漢魏六朝是矣，於唐亦嫌未確，蓋時不同也。故作詩之法高其説曰：『取法乎上，宜從魏入手，猶不失爲六朝。』（沈歸愚謂：『古令流傳名句，如「池塘生春草」「澄江浄如練」「紅藥當階翻」「月映清淮流」「芙蓉露下落」「空梁落燕泥」，情景俱佳，足資吟咏，然不如「南登霸陵岸，回首望長安」，忠厚悱惻，得「遲遲我行」之意。』余謂此雖詩境不同，細味之自得其趣也。）然二謝、徐庾與唐之陳張、李杜，其五言各卓絶，亦宜致力，惟詩品已一變再變矣。

漁洋論五言古詩曰：『五言著議論不得，用才氣馳聘[二]不得。』其於五言短古則曰：『昔人謂貴詞簡味長，不可明白説盡。』沈歸愚謂：『五言長篇固須節次分明，一氣連屬，然有意本連屬而轉似不相連屬者，叙事未了，忽然頓斷，插入旁議，忽然聯續，轉接無象，莫測端倪，此運左史法於韵語中，不以常格拘也。』明揚[三]仲宏《詩法家數》所述尤詳，其云：『古詩要法，凡作古詩，體格、句法俱要蒼古，且先立大意，鋪叙既定，然後下筆，則文脉貫通，意無斷續，整然可觀。五言古詩或興起，或比起，或賦起，須要寓意深遠，托詞温厚，反復優游，雍容不迫。或感古懷今，或懷人傷己，或瀟洒閑適。寫景要雅淡，推人心之至情，寫感慨之微意，悲歡含蓄而不傷，美刺婉曲而不露，要有《三百篇》之遺意方可。觀漢魏古詩，藹然有感動人處，如《古詩十九首》皆當熟讀玩味，自見其趣。』此説最精確可味。余謂五古短篇，無論何種意境，可不裝起結，可兼用比興，篇幅既狹，必有尺幅千里之勢尤佳。長篇須章法完備，氣旺神行，平鋪直叙之作亦宜有峰巒起伏、波瀾瀠洄之致。歸愚所論乃化境也，明乎此而作詩之根本已具矣。

## 乙　七古

沈歸愚云：『《大風》《柏梁》，七言權輿也。自時厥後，魏宋之間，時多杰搆，唐人起而變態極焉。』又云：『初唐風調可歌，氣格未上，至王、李、高、岑四家馳騁有余，安詳合度，爲一體。李供奉鞭撻海岳，驅走雷霆，非人力可及，爲一體。杜工部沉雄激壯，奔放險幻，如萬寶雜陳，千軍競逐，天地渾奥之氣至此盡泄，爲一體。錢、劉以降，漸趨薄弱，韓文公拔出於貞元、元和間，踔厲風發，又别爲一體。七言楷式稱大備云。』

漁洋云：『明何大復《明月篇序》謂「初唐四子之作，往往可歌，反在少陵之上。」説者以爲有功於風雅，韙矣。然以此概七言之

[二] 聘，應爲『騁』字。
[三] 揚，應爲『楊』字。

正變，則非也。二十年來學詩者束書不觀，但取王、楊、盧、駱數篇轉相仿效，膚詞剩語，一唱百和，豈何氏之旨哉？開元、大曆諸作者，七言始盛，王、李、高、岑四家篇什尤多，李太白馳騁筆力，自成一家，大抵嘉州之奇峭，供奉之豪放，更爲創獲。詩至工部，集古今之大成，百代而下無昇詞者。七言大篇尤爲前所未有，後所莫及，蓋天地元氣之奧，至杜而始發之。杜七言千古標準，自錢、劉、元、白以來無能步趨者。貞元、元和間，學杜者惟韓文公一人耳。」論斷多與沈同。又謂：「盧陵直追昌黎，東坡七言長句，子美、退之後爲一人。夫所謂馳騁安詳，沉雄踔厲，奇峭豪放者，雖係乎才力之所至，要亦其意境之所造耳。」

余觀七言，古自[一]以王李、高岑、太白、子美爲準則，而唐代所開之門徑，實以四杰爲先驅，惟詞藻華麗，猶襲陳隋之遺耳。王勃《滕王閣》之『畫棟朝飛南浦雲，珠簾暮捲西山雨』；盧照鄰《長安古意》之『百尺游絲争繞樹，一群嬌女共啼花』『妖童寶馬鐵連錢，倡婦盤龍金屈膝』；駱賓王《帝京篇》之『秦塞重關一百二，漢家離宫三十六』『條忽摶風生羽翼，須臾失浪委泥沙』『馬卿辭蜀多文藻，揚雄仕漢乏良媒』；《艷情》之『芳沼徒游比目魚，幽徑還生拔心草』『峨眉山上月如眉，濯錦江中霞似錦』等語，比事屬辭，對偶聲調有時幾同律句。蓋七古中着此等句，作一安頓，便覺負聲有力，拾采欲飛。此皆於辭句下功夫，即老杜亦何嘗無之，如《醉時歌》之『但覺高歌有鬼神，焉知餓死填溝壑』，《樂游原歌》之『拂水低徊舞袖翻，緣雲清切歌聲上』，《説[二]兵馬》之』三年笛裏關山月，萬國兵前草木風』，《雙松圖歌》之『白摧朽骨龍虎死，黑入太陽雲雨垂』，《閬山歌》之『松浮欲盡不盡雲，江勤將崩未崩石』，皆是也。王維《桃源行》之『坐看紅樹不知遠，行盡清溪忽值人』『樵客初傳漢姓名，居人未改秦衣服』，《洛陽女兒行》之『良人玉勒乘驄馬，侍女金盤膾鯉魚』，《老將行》之『路旁時賣故侯瓜，門前學種先生柳』，高適《燕歌行》之『戰士軍前半死生，美人帳下猶歌舞』，岑參《青門行》之『花撲征衣看似綉，雲隨去馬色疑驄』，《白雪歌》之『將軍角弓不得控，都護鐵衣冷難着』，李頎《古從軍行》之『行人刁斗風沙暗，公主琵琶幽怨多』，李白《行路難》之『淮陰市井笑韓信，漢朝公卿薄賈生』，《長相思》之『趙瑟初停鳳凰柱，蜀琴欲奏鴛鴦弦』等語，元、白亦多此調。其中有平仄調，協似律句者，自覺耐人咀嚼；有對仗工整而平仄不協者，更覺堅勁有力。故七古偶句之選材、征對與五古有別，蓋以色彩聲調爲勝也。

又如《長安古意》之『御史府中烏夜啼，廷尉門前雀欲棲。』《艷情》之『迢迢芊路望芝田，渺渺函關限蜀川。』用作起筆，接筆而連狎韵者，亦是對句格調，蓋用單句，而詞意不足，必用雙句，而詞意兩顯。故有此對偶句法，不必定用於頓挫處，於散漫中求其整飭

[一] 古自，應是『自古』之倒文。
[二] 説，應是『洗』字。

也。總之，七古轉韵而雜入律句者，以長篇歌行爲多，歸愚謂『純綿裹針，軟中有力。一韵到底者，必須鏗金鏘石，一片宫商。稍混律句，便成弱調。』固非一例而論也。即或偶有對句，亦以不似律句爲佳。

若轉韵處疊上句連續而下者，其意必反正相生，亦自連不斷，如王勃《采蓮曲》之『江謳越吹相思苦』，下接『相思苦，佳期不可駐。江南采蓮今已暮，采蓮花。渠今那必在倡家』，則直接矣。盧照鄰《長安古意》之『得成比目何辭死，願作鴛鴦不羡仙。比目鴛鴦真可羡，雙去雙來君不見，』與白居易《上陽人》之『宫鶯百囀愁厭聞，梁燕雙棲老久妒。鶯歸燕去長悄然，春往秋來不計年』，則單句雙接矣。又《古意》之『生憎帳額綉孤鸞，好取門簾帖雙燕。雙燕雙飛繞畫梁，羅幃翠被鬱金香』，與宋之問《明河篇》之『倬彼昭回如練白，復出東城接南陌。南陌征人去不歸，誰家今夜擣寒衣』，則用單接法，蓋上文句，一則兩句中之『孤鸞』『雙燕』，一則一句中之『東城』『南陌』，可以不必雙接也。又如王維《同崔傅》之『一片揚州五湖白』，下接『揚州時有下江兵』；孟浩然《夜歸鹿門》之『余亦乘舟歸鹿門』下接『鹿門日照開烟樹』；李白《趙炎粉圖山水歌》之『對坐不語南昌仙』下接『南昌仙人趙夫子』，《天姥吟》之『一夜飛渡鏡湖月』下接『湖月照我影』；杜甫《驄馬行》之『與人一心成大功』下接『功成惠養隨所致』，《題松樹障子圖》之『手提新畫青松幛』下接『障子青松静杳冥』等語皆於轉處，叠用上句字，而另轉一意，便覺緊峭絶倫。岑參《梁州館中夜集》之『彎彎月出挂城頭，城頭月出照梁州。梁州七里十萬家，胡人半解彈琵琶。琵琶一曲腸欲斷，風瀟瀟[一]兮夜漫漫。河西幕中多故人，故人别來三五春。』，則句句勁接矣。

至如[二]换韵之法，讀《長安古意》及《艷情篇》中用八句换韵，或四句换韵，而四句爲多，此正格也。漁洋答七古换韵法云：『此法起於陳隋，初唐四杰輩沿之，盛唐右丞、常待、東川尚然，李杜始大變其格，大約首尾腰腹，須銖兩句[三]稱，勿頭重脚輕，脚重頭輕，乃善。』張歷友謂：『初唐或用八句一换韵，或四句一换韵，其正也。此自從《三百篇》來，亦非始於唐人。若一韵到底，則盛唐以後騷多矣，四句换韵更以四平四仄相間爲正，平韵换平、仄韵换仄，必不叶也。』張蕭友謂：『或八句一韵，或四句一韵，必多寡匀停，平仄遞用，方爲得體。亦有平仍换平，仄仍换仄者，古人實不盡拘。亦有通篇一韵，末二句獨换一韵者，雖是古法，宋人爲多。按四句或八句换韵者，乃長篇中按步就班之作，换韵起筆，音節欲高，煞筆力量欲穩。老杜雖變古法，此類尚多。李白則多雜以長短句。元白新樂府亦然，雖體格不同，而换初無一定則同。』

[一] 瀟瀟，應作『蕭蕭』。據《岑嘉州詩注》改。
[二] 如，應作『於』。
[三] 句，應作『匀』字。

沈歸愚云：『轉韵初無定式，或二語一轉，或四語一轉，或連轉幾韵，或一韵叠用幾語。大抵前則舒徐，後則一滾而出，欲急其節拍以爲亂也。此亦天機自到，人功[一]不能勉强。』又云：『文以養氣爲主，詩亦如之。七言古或雜以兩言、二三四言、五六言，皆七言之短句也。或雜以八九言、十餘言，皆伸以長句，而欲振蕩其勢，迴旋其姿也。其間忽翕忽張，忽停[二]瀠，忽轉掣，乍陰乍陽，屢遷光景，莫不有浩氣鼓蕩其機，如吹萬之不窮，如江河之滔漭而奔放，斯長篇之能事極矣。四語一轉，蟬聯而下，持[三]初唐人一法，所謂「王楊盧駱當時體」也。』亦有三句連押一韵者，則其聲調急切又一法也。總之，句之長短無定，換韵亦無一定。蓋隨其意境所到，并音節之高下疾徐而爲之。此時之造句，則在聲調上用功夫，舒緩則音須悠揚，迫促則音須急切，斯極七古之變態矣。

如一韵到底，則須才氣磅礴，韓詩爲多。《謁衡岳》《石鼓歌》押平韵，《寒食日出游》《贈崔立之評事》押仄韵，此皆一韵而爲長篇者。東坡亦能之，《定惠院海棠》《石鼓歌》押仄韵，《海市》《武昌西山》押平韵，凡旋轉頓挫處，皆不見其迹，務使眉目清朗，其選詞下字致力處，又與换韵不同，盧陵之《晋祠》押平韵，半山之《題惠崇畫》押仄韵，亦是此體，宋人固優爲之矣。

總之，七古作法不一，如平韵仄韵之句法，漁洋謂：『七言古平仄相間，换韵者多用對仗，間似律句無妨。若平韵到底者，斷不可雜以律句。大抵通篇平韵，貴飛揚，通篇仄韵，宜矯健，皆要頓挫，切忌平衍。』張歷友謂：『七古平韵，上句第五字宜用仄字以抑之也，下句第五字宜用平字以揚之也。仄韵上句第五字宜用平字以揚之也，下句宜用仄字以抑之也。七古大約以第五字爲關捩，五古大韵以第三字爲關捩，彼俗所云「一三五不論」，不惟不可以言近體，而亦不可以言古體也。安得謂古詩不拘平仄，而尤任意用字乎，故愚謂古詩尤不可輕下一字也。』（漁洋《論律句正要》辨『一三五』俗云：『一三五不論，怪誕之極，决其終身，必無通理。』）

張蕭亭謂：『詩須篇中煉句，句中煉字，此所謂古法也。以氣韵清高深渺者，絶以格力雅健雄豪者勝，故寧律不諧，而不得使句弱，寧下字不工，而不可使語俗。七言第五字要響，所謂響者，致力字也。愚以爲字字當活，活則字字皆響，又何分平哉？』大七言中注意第五字，固造句之要法，而人多忽之所謂響字者，用平音以提高聲調者固多，然仄音亦有響字，惟以平音押韵，除對偶句以外，則第五字究以用平爲宜，如李白《扶風豪士歌》之『洛陽三月飛胡沙，洛陽城中人怨嗟。天津流水波出血，白骨相撑如亂麻。』第五字皆平，杜甫《渼陂行》之『岑參兄弟皆好奇，攜我遠來游渼陂。天地黯慘忽异色，波濤萬頃堆琉璃。』三平韵第五字皆平，《丹青引》之『將軍魏武之子孫，於今爲庶爲清門。英雄割據雖已矣，文采風流今尚存。』第五字亦皆用平，趙秋谷《聲調譜》此數首皆列入，可以悟

[一] 功，應作『工』字，《説詩晬語》中作『工』。
[二] 停，應作『渟』字，《説詩晬語》中作『渟瀠』。
[三] 持，應爲『特』字。《説詩晬語》中作『特』。

其法矣。

至於起處，宜高踞題巔，使下面得展開局勢。層層起伏而蛛絲馬迹，皆有可尋。沈歸愚謂：『歌行起步，宜高唱而入，有「黃河落天走東海」之勢，以下隨手波折，隨步換形，蒼蒼莽莽之中，自有灰綫蛇踪，蛛絲馬迹，使人眩其奇變，仍服其謹嚴。』然不獨歌行，短古亦然。七言古起筆較五言古、七言律易得佳句者，以其籠罩萬有得迴旋之餘地故也。若收束處，凡詩皆難，七言古尤難，蓋前路層波叠浪而來，漫無呼應，成何章法。一至結束，能於照應中作神龍掉尾之勢，庶乎善矣。歸愚云：『紆徐而來者，防其平衍，須作斗健語以止之；一往峭折者，防其氣促，不妨以悠揚曳語以送之，不可以一格論。』善哉言乎。蓋七言古之結束處，與七絕之以弦外音作收者，其輕重不同也。故起訖之法，於七言長篇中尤宜注意。

七古短章，李杜皆勝，有六句者，有五句者，皆緊湊中有波折，意思不窮不爲，直捷換韵、不換韵皆有之，如李白之《烏夜啼》六句，老杜之《曲江》五句，所謂節短韵長是也。要之，七言古之作法須色采聲調并重，辭足以運其氣，氣足以運其辭，操縱離合，一片神行，庶乎庖丁解牛技矣。

## 丙 五律

姚姬傳云：『聲病之學肇於齊梁，以是相沿遂成律體。南北朝迄隋，諸詩人警句率以儷偶調諧，正可謂之律耳。陳拾遺、杜修文、沈、宋、曲江以爲開元以前之杰。』又曰：『盛唐人詩固無體不妙，尤以五言律爲最。此體中尤當以王、孟爲最，故以禪家妙悟推之。』於太白則曰：『以飛動票姚之勢，運曠遠奇逸之思，此獨成一境者，故以仙推白。』於老杜則曰：『四十字中包涵萬象，不可謂少，五言至此，始無遺憾。』至大曆諸賢，則曰：『尤刻意於五律，其體實宗王、孟，氣則弱矣，而韵猶存。』『貞元以下，又失其韵，其有警拔，蓋亦希矣，晚唐之才，固愈衰，然五律有望見前人妙境者，轉賢於長慶諸公。玉溪生略有杜遺響。』云云。

沈歸愚云：『五言律，陰鏗、何遜、徐陵、庾信已開其體；唐初人研揣聲音，穩順體勢，其製乃備。神龍之世，陳、杜、沈、宋，渾金璞玉，不須追琢，自然名貴。開、寶以來，李太白之明麗，王、孟之自得，分道揚鑣，并推極勝，杜子美獨闢畦徑，寓縱横捭闔於整密中，故應包涵一切。終唐之世，變態雖多，無有越諸家之範圍者矣，以此求之，有余師焉。』云云。

宋漫堂云：『律詩盛於唐，而五言律爲尤盛。陳、杜、沈、宋開其先，李、杜、高、岑、王、孟諸家繼起，卓然名家。子美變化尤高，始信四十字爲唐人絶調，宋、元、明非無佳作，無能出此範圍。』云云。

觀三家評論略同，然欲研究律法，重在章法、句法，應分聯分句以研究之。庶不至茫無適從，蓋律者，兼法律、格律、音律言之，非僅以對偶爲律詩也。沈歸愚《説詩晬語》所云可以參證，其言曰：『起手貴突兀，王右丞「風勁角弓鳴」、杜工部「莽莽萬〔一〕山，帶甲滿天地」、岑嘉州「送客飛鳥外」等篇，直疑高山墜石，不知其來，令人叫絶。中聯以虚實對、流水對爲上；即徵實一聯，亦宜各換意境。略無變换，古人所輕。即如「蟬噪林逾静，鳥鳴山更幽」（王安石七絶化爲『一鳥不鳴山更幽』更佳，然是絶句作法。）何嘗不是佳句，然王元美以其寫景一例少之。至「圓荷浮小葉，細麥落輕花」，宋人已議之矣。』（潘邠老則曰：『五言詩第三字要響，「浮」字、「落」字是響字也，所謂響者致力處也。』）

『三四語多流走，亦有竟散行者，然必有不得不散之勢乃佳。苟艱於屬對，率爾放筆，借散勢以文其陋〔二〕也。又有通體俱散者，李白《夜泊牛渚》、孟浩然《晚汩〔三〕襄陽〔四〕》、釋皎然《尋鴻漸》〔五〕等章，興到成詩，人力無與，匪垂典則，偶存標格而已。外是八句平對，五六散行，前半扇對之式，皆極詩中變態。』

『三四貴匀稱，承上斗峭而来，宜緩脉赴之。五六必聳然挺拔，别開一境。上既和平，至此必須拾〔六〕起也。崔司勛《贈張都督詩》：「出塞清沙漠，還家拜羽林」，和平矣，下接云：「風霜臣節苦，歲月主恩深。」杜工部《送人從軍詩》：「今君度沙漠，累月斷人烟」，和平矣，下接云：「好武宜論命，封侯不計年。」《泊岳陽城下》云：「岸風翻夕浪，舟雪灑寒燈」，和平矣，下接云：「留滯才難盡，艱危氣益增。」如此拓開，方振得起。温飛卿《商山早行》，於「雞聲茅店月，人迹板橋霜」下接「槲葉落山路，积花明棘牆。」周處士《朴賦董嶺水》於「禹力不到處，河源流向西」下接「過衙山色遠，近水月光低。」便覺直塌下云〔七〕。』

『中二聯不宜純乎寫景，如「明月松間照，清泉石上流。竹喧歸浣女，蓮動下漁舟」，景象雖工，詎爲模楷？至宋陸放翁，八句皆寫景矣。』

〔一〕『萬』字後脱去一『重』字。據《説詩晬語》補。
〔二〕隨，應作『陋』字。《説詩晬語》作『陋』，『陋』是。
〔三〕汩，《説詩晬語》中作『泊』，『泊』是。
〔四〕襄陽，《説詩晬語》中作『潯陽』，『潯陽』是。
〔五〕《尋鴻漸》，《説詩晬語》中作《尋陸鴻漸》。
〔六〕拾，《説詩晬語》中作『振』，『振』是。
〔七〕云，《説詩晬語》中作『去』，『去』是。

『收束或放開一部〔二〕，或宕出遠神，或本位收住，張燕公「不作邊城將，誰知恩遇深」，就夜飲收住也。王右丞「君問窮通理，漁歌入浦深」，從解帶彈琴宕出遠神也。杜工部「何當擊凡鳥，毛血灑平蕪」，就畫鷹説到真鷹，放開一步也。就上文體勢言之。』『唐玄宗「劍閣横雲峻」一篇，王右丞「風勁角弓鳴」一篇，神完氣足，章法、句法、字法，俱臻絶頂，此律詩正體。而太白「五月天山雪，無花只有寒。笛中聞折柳，春色未曾看。」一氣直下，不就羈縛。右丞「万壑樹参天，千山響杜鵑。山中一夜雨，樹杪百重泉。」分頂上二語而一氣赴之，尤爲龍跳虎卧之筆。此皆天然入妙，未易追摹。大曆後漸近收斂，選言取勝，元氣未完，辭意新而風格自降矣。劉隨州工於鑄語，不傷大雅，然「老至居人下，春歸在客先」「萬里通秋雁，千峰共夕陽」，名俊有餘，自非盛唐人語。賈長江「秋風吹渭水，落葉滿長安。」温飛卿「古戍落黄葉，浩然離故關。」卑靡時乃有此格。』云云。其於八句作法，自有軌範。

至用平仄法，有可換用者，有不可換用者。換用則成拗句，然亦有一定用法。漁洋《律詩定體》於五言律引五言仄起不入韵者，如『粉署依丹禁，城虚爽氣多』是也。單句『依』字用仄，則雙句『爽』字必用平。接聯『好風天上至，凉雨曉來過』，『上』字用平，則『天』字必用仄以救之。古人第三句拗用者多，若第四句則不可。（蓋第四句第三字應仄而平，即連用三平，不合矣。）三四聯與一二聯同，其説明云：『五律凡雙句，二四應平仄者，第一字必用平，斷不可雜以仄聲，以平平止有二字相連，不可令單也。其二四應仄平者，第一字平仄皆可用，以仄仄仄相連，換以平字，無妨也。大约仄可平，平斷不可換仄』云云。又五言仄起入韵者，如『夏過日初長，連朝雨送凉』是也。首句第三字用仄聲，餘同上。又五言平起不入韵者，如『桂枝家共折，雞樹代相傳』是也。又言五言平起入韵者，『花枝暖欲舒，粉署夜方初』是也。平起入韵者少於仄起入韵者同。（第二聯以下，與上説明同例。）

然五律時有拗調，與七律微异。范景文謂：『五言律詩固要妥貼，然妥貼太過，必流於衰。苟時能出奇，於第三字下一拗字，則妥貼中隱然有峻直之風，老杜有全篇如此者，「帶甲滿天地，胡爲君遠行」一首是也。散句如「一徑野花落，孤村春水生」「山縣早收市，江橋春聚船」「梅花萬重外，雪片一冬深」「蟲書玉佩蘚，燕舞翠帷塵」是也。』按：雙句第四字用仄者，第三字皆可拗用平，用平者，第三字不宜拗用平，參看漁洋之《定體》自明。

總之，五律常格姑勿論，其多有散聯爲拗調者，亦是正軌。明乎此，而下字辨音不至混雜無序矣。

〔二〕 部，《説詩晬語》中作『步』，『步』是。

# 丁　七律

七言律亦惟唐爲盛，而宋人致力亦至精。姚姬傳云：『七言今體，句引字賖，尤貴氣健，如齊梁人古色古韻，夫豈不貴，然氣則穨矣。楊升庵專取爲極，則此其所以病也。初唐諸君正以能變六朝爲佳，至「盧家少婦」一章，高拾唐音，遠包古韻，此是神到之筆。右丞七律意興超遠，有雖對榮觀、燕然超處之意。杜公七律含天地之元氣，包古今之正變，不可以律縛，亦不可以盛唐限。大曆十子以隨州爲最，其餘諸賢亦各有風調（按：長卿不在十子內）。至於長慶、香山，以流易之體，極富贍之思，非獨俗士奪魄，亦使勝流傾心，然滑俗之病，遂至濫惡，後皆以太傅爲藉口。玉溪生雖晚出，而才力實爲卓絕，七律佳者，幾欲遠追拾遺，其次者猶足近掩劉、白。第以矯敝滑易，用思太過，而僻晦之敝又生，要不可不謂之詩中豪杰士矣。唐末詩人才力既异於前，而習俗所移，又難拾拔，故杰出益少，然未嘗無佳句。西昆諸公之擬玉溪，但學其隸事耳，殊滯於句下，都成死語。其餘宋初諸賢，亦皆域於許渾、韋莊境內。歐公詩學昌黎，故於七律不甚留意。荆公則頗留意矣，然亦未造殊妙。東坡天才有不可思議處，其七律只用夢得、香山格調，其妙處豈劉、白所能望哉？山谷刻意少陵，雖不能到，然其兀傲磊落之氣足與古今作詩者澡濯胸胃，導啓性靈。放翁激發忠憤，横絕才力，上法子美，下攬子瞻，裁製既富，變境亦多，其七律固爲南渡後一人。』云云。

沈歸愚云：『七言律，平叙易於徑遂，雕鏤失之佻巧，比五言爲尤難。貴屬對穩，貴遣事切，貴捶字老，貴結響高，而總歸於血脉動蕩，首尾渾成。後人秖於全篇中争一聯警拔，取青妃白，有句無章，所以去古日遠。沈雲章[一]《龍池樂章》、崔司勛《黄鶴樓詩》意得象先，縱筆所到，遂擅古今之奇，所謂「章法之妙，不見句法，句法之妙，不見字法」者也。雲卿《獨不見》一章，骨高氣高，色澤情韵俱高，視中唐「鶯啼燕語報新年」詩，味薄語孅，床分上下。王維、李頎、崔曙、張謂、高適、岑參諸人，品格既高，復饒遠韵，故爲正聲。老杜以宏才卓識，盛氣大力勝之。讀《秋興》八首、《咏懷古迹》五首、《諸將》五首，不廢議論，不弃藻繪，籠蓋宇宙，鏗戛鈞韶[二]；而縱横出没中，復含蕴藉微妙之旨，目爲大成，非虚語也。明嘉、隆諸子，轉尊李頎。鍾、譚於杜律中轉斥《秋興》諸篇，而推「南極老人自有星」幾章，何啻嘷嚖？大曆十子後，劉夢得骨幹氣魄，似又高於隨州。又與樂天并稱，緣劉、白有《倡和集》耳。

[一] 雲章，應是『雲卿』，指沈佺期。《説詩晬語》作『雲卿』。
[二] 鈞韶，《説詩晬語》作『韶鈞』。

白之淺易，未可同日語也。柳子厚哀怨有節，律中騷體，與夢得故自〔一〕敵手。義山近總〔二〕，襞績重重，長於諷諭。中多借題抒〔三〕抱，遭時之變，不得不隱也。咏史十數章得杜陵一體，至於「但須鸞鷟巢阿閣，豈假鴟鴞在泮林」，不愧識書人持論。温、李擅長，固在屬對精工，然或工而無意，譬〔四〕之剪綵爲花，全無生韵，弗尚也。義山「此日六軍同駐馬，當時七夕笑牽牛」，飛卿「回日樓臺非甲帳，去時冠劍尚丁年」，對句用逆挽法，詩中得此一聯，便化板滯爲跳脱。晚唐人詩「鷺鷥飛破夕陽烟」「水面回風舞落花〔五〕」「芰荷翻雨潑鴛鴦」固是好句，然句好而意盡句中矣。又張蠙《洞庭湖》詩「青草浪高三月渡，緑楊花撲一溪烟」，「緑楊」一語，分明村港小景，賦《洞庭湖》宜用耶?「破」字、「聚」字、「潑」字、「撲」字，求新在此，不登大雅之堂正在此。』

二家之評論，雖稍有出入，姚説論七言律之全體，沈説於詩句尤言之入細，對於修辭方法，亦辨審至精，學者所宜取法也。至漁洋云：『唐人七言律，以李東川、王右丞爲正宗，杜工部爲大家，劉文房爲接武。高廷禮之論，確不可易，宋初學西昆，於唐却近。歐、蘇、豫章始變西昆，去唐却遠。元如趙松雪，雅意復古，而有俗氣，餘可類推。』張蕭亭云：『七言律詩，五言八句之變也。唐初始專此體。沈、宋精巧相尚，然六朝餘氣猶存。至盛唐聲調始遠，品格始高，如賈至、王維、岑參《早朝唱和》諸作，各臻其妙。李頎、高適皆足爲萬世法程。杜甫渾雄富麗，克集大成。天寶以還，錢、劉并鳴。中唐作者尤多，韋應物、皇甫伯仲以及大曆才子接迹而起，敷詞益工，而氣或不逮。元和以後，律體屢變，其造意幽深，律切精密，有出常情之外。雖不足鳴大雅之林，亦可爲一唱三嘆。至宋律則又晚唐之濫觴矣。雖歐、梅、蘇、黄，卓然名家，較之唐人，氣象終别。至於元人，品格愈下。雖有虞、楊、揭、范，亦不能力晚〔六〕頽波。蓋風氣使然，不可强也。况詩家此體最難，求其神合氣完，代不數人，人不數首。雖不敢妄分優劣，而優劣自見矣。』二説互有詳略，推論唐人及元而服膺盛唐，則同七律評斷，莫能外是。

至於七言律，亦有不對似五言律者，如崔顥《黄鶴樓》、李白《鸚鵡洲》之類是也。然偶爲之，非是五言律之散聯，亦爲正軌也。若漁洋論《律詩定體》於七言律之平仄换字法自有一定規律，其引七言平起不入韵者，如首聯『振衣直上江天閣，懷古仍登海岳樓』是

〔一〕自，《説詩晬語》作「是」字。
〔二〕總，《説詩晬語》作「體」，「近體」是。
〔三〕抒，《説詩晬語》作「攄」字。
〔四〕譬，《説詩晬語》作「譬」字。
〔五〕水面回風舞落花，《説詩晬語》作「水面回風聚落花」。後文提及「聚」字，當爲此句。
〔六〕晚，應是「挽」字。《師友詩傳録》作「挽」。

也。上句第三字，『直』字可平，下句第三字『仍』字不可仄，末聯『我醉吟詩最高頂，蛟龍吟起暮潮秋』，『最高』二字本宜平仄，兹用平仄，所謂單句第六字拗用平，則第五字必用仄以救之，與五言三四一例，惟五言在三四字，七言在五六字耳。其説明云：『凡七言第一字，俱不論。第三字與五言第一字同例，凡雙句第三字，應仄聲者，可換平聲，應平者，不可換仄聲。』按：漁洋此説是正調，若用拗調，則雙句第三字，平亦可換仄，惟第五字，應仄者須換平以救之。有單雙句俱拗者，惟單句拗第五字，雙句拗三五字，如趙嘏之『殘星幾點雁横塞，長笛一聲人倚樓』，許渾之『溪雲初起日沉閣，山雨欲來風滿樓』是也。（單句第三字仄本可换平，與拗句無關。）但拗第五字者，如項斯『月明古寺客初到，風動閑門僧未歸』是也。但拗雙句者，如劉滄『千年事往人何在，半夜月明潮自來』，三五俱拗是也。李商隱『廣陵别後春濤隔，湓浦書來秋雨翻』，則但拗第五字矣。但拗單句者，如李後主『黄花冷落不成艷，紅葉颼飀競鼓聲』是也。李山甫之『有時三點兩點雨，到處十枝五枝花』，則非規律矣。如元遺山之『鄰村爛漫雞黍局，野寺荒凉松竹林』『春波淡淡沙鳥没，野色荒荒烟樹平』『門堪羅雀仍未害，釜欲生魚當奈何』，第六字應平而拗仄，雖唐人亦偶有之，但此是變例，不必學也。

總之，拗句平仄字斷不可不論，誤於『一三五不論』之謬説，則非也。漁洋又引七言平起入韵者，如『輕陰細雨夜連晨，中使傳呼散紫宸』是也，『夜』字不可平，『傳』字不可仄。引七言仄起入韵者，如『待旦金門漏未稀，雞鳴月落露霏霏』是也，下字[二]『金』字必平，凡平不可令單，此字關係。『珠璣燦列星文動，劍佩森嚴綵仗飛。』『森』字下亦云：『此字關係。』引七言仄起不入韵者，如『不見開門陳正字，嶺雲江樹五年餘』是也。『陳』字不可仄，五字不可平。以上但論律詩之句法，非詩律也。

若云詩律，則王應奎引錢陸燦《論詩書》曰有云：『杜詩晚節漸于詩律細，非專以律詩爲律也。其五古、七古中間必有數聯有出句、有對句，此則古中之律也，今人於古詩多不置出句、對句，則無古詩之律矣。』洵如其説，則是競以對偶爲律，而不復知爲聲律之律矣。况詩中用偶，亦非難事，豈作古詩者，多用幾偶句，而遂可謂之詩律細乎？據此説，則詩律固重在聲律，非徒執律以論對偶之律也。即如句中之雙聲叠韵字作對，即聲律之一端，然杜甫於七言律，亦時有變化。趙秋谷《聲調譜》云：『《望岳》之「西岳崚嶒竦處尊，諸峰羅列如兒孫」（拗句），「安得仙人九節杖」（「安得」二字不粘），「拄到玉女洗頭盆」（拗句）。「車箱入谷無多路，箭括通天有一門。稍得西風凉冷後，高尋白帝問真源」下云：前四句拗，後四句諧，拗律上下句亦須帶粘。又《所思》之「苦憶荆州醉司馬（起句即拗），謫官樽酒定常開。九江日落醒（仄昔）何處，一柱觀頭眠幾回」（「觀」字仄，「眠」字平，此字救上句，亦救本句），「可憐懷抱向人盡，欲問平安無使來。故憑錦水將雙泪，好過瞿塘灩澦堆」（第七句本是正粘，第五句不粘，此句亦稱不粘矣）。』此種不粘格

[二] 王士禎《律詩定體》於『金』字後注云：『此字必平。』『下字』不知言何，應有訛誤。

式曰『拗律詩』，唐律詩亦時有之，李白《題東溪公幽房》則通首皆然矣，此可不必學。欲研究七言律之作法，應從正格爲宜，規律、聲律，均須注意，非但求一字之工拙，如不合律字，雖工亦宜舍而不用，不當執古人詩以藉口也。

## 戊　五絶

沈歸愚云：『絶句，唐樂府也。篇止四語，聽者低徊不倦，旗亭使[一]女，猶能賞之，非以揚音抗節，有出於天籟者乎？著意求之，殊非宗旨。』又云：『五言絶句，右丞之自然，太白之高妙，蘇州之古淡，并入化機。而三家中，太白近樂府，右丞、蘇州近古詩，又各擅勝場也。他如崔顥《長干曲》、金昌緒《春怨》、王建《新嫁娘》、張祜《宫詞》等，雖非專家，亦稱絶調。』

漁洋論七言絶、五言絶作法之不同，曰：『五言絶近於樂府，七言絶近於歌行。五言難於七言，五言最難於渾成故也。要皆有一唱三嘆之意乃佳。』此與嚴滄浪『五言絶句難於七言絶句』之語相同。

宋漫堂謂：『五言絶句起自古樂府，至唐而盛，李白、崔國輔號为擅場，王維、裴迪「輞川倡和」开後来門徑不少，錢、劉、韋、柳古淡清逸，多神來之句。所謂好詩必是拾得也，歷代佳作，往往而有，要之詞簡而味長，正難率意措手。』

總之，五言絶句寥寥二十字，其作難於七言絶句。蓋因字少而欲其意遠，又欲有餘不盡，雖運用純乎自然，而所下字句惟不修飾，而修飾更不易也。至各家之不同，則又係於詩之境界，不當一例而論也。

有云：『截律詩半首而爲詩，凡後兩句對者，是截律詩前四句也；前兩句對者，是截律詩後四句也；全篇對者，是截律詩中四句也；全不對者，是截律詩首尾四句也。』漁洋謂此等迂拘之説總無足取，今人或竟以絶句爲截句，尤鄙俗可笑。蓋絶句由來已久。趙秋谷《聲調譜》云：『兩句爲聯，四句爲絶，始於六朝，元非近體，後人誤以絶句爲截律詩，故致多此一問。』其引孟郊《古怨》云：『試妾與君泪，兩處滴池水。看取芙蓉花，今年爲誰死。』此四句齊梁體。《送別》云：『丈夫非得意，行行且低眉。素琴彈復彈，會有知音者。』此古絶句也。可見五言絶句之由來矣。

王應奎《柳南隨筆》亦云：『錢陸燦必誤信宋人詩話，以絶爲截，謂絶句之體，或截律詩之中，或截律詩之半，而不知二句一聯，四句一絶，自未有律詩已然矣。』此與趙説相同。余謂高適《哭單父梁九少府》五古云：『開篋泪沾臆，見君前日書。夜臺今寂寞，獨

[一] 使，《説詩晬語》作『伎』，『伎』是。

是子雲居。』本是古詩。唐樂部止取四句歌之（見旗亭畫壁事），曰一絶，歸愚至選入五絶。又如李嶠《汾陰行》本是七古，但歌『山川滿目泪沾衣，富貴榮華能幾時。不見只今汾水上，惟有年年秋雁飛』四句是也（見《次柳氏舊聞》及孟棨《本事詩》）。此絶句所以爲唐樂府，四句所以爲一絶也。

又漁洋不滿意謝榛論絶句之説（見下七絶），然四溟山人自有精詣處，其論五七言絶句云：『文笙曰：「五言絶句主情景，七言絶句主意事。」又曰：「五言絶句撇景入事，七言絶句掉句入情。」前後之法何相反耶？其論五言絶句曰：「子美五言絶句皆平韵律體，景多而情少；太白五言絶句平韵律體兼仄韵古體，景少而情多。二公各盡其妙，其於情景事意之所適，確能見得真切。」』

至祖咏《望終南殘雪》，詩之意盡而止，自是絶唱，秋谷《談龍録》所謂『若相競以多，意已盡而猶剌剌不休，不憶祖咏之「賦終南積雪」乎？』是也。蓋意已盡於詞，而詞外可見其意也。柳宗元《釣雪》一詩，范景文《對床夜話》謂『唐人五言四句，除此一詩外極少佳者』；沈歸愚謂『清峭已絶』。元微之《行宫》一首（一作王建），歸愚云：『只四語已抵一篇《長恨歌》。』魏慶之《詩人玉屑》云『《長恨歌》《上陽人歌》《連昌宫詞》道開元、天寶宫禁事最爲深切，然微之有《行宫》絶句云：「寥落古行宫，宫花寂寞紅。白頭宫女在，閑坐説玄宗。」語少意足，有無窮之味。』此皆五絶之上品，辭極簡而意皆包含於辭者也。

又五言絶押仄韵者殊多，蓋本從古樂府及古詩得來，故押平仄韵均有之。七言絶則押仄韵者殊鮮，不過偶一有之耳。

其有四語皆對者，如王之涣《登鸛雀樓》之『白日依山盡，黄河入海流。欲窮千里目，更上一層樓。』其有下二語作對者，如孟浩然《宿建德江》之『夜[一]曠天低樹，江清月近人』，暢當《登鸛雀樓》之『天勢園平野，河流入斷山』，上二語作對者，如皇甫曾《送王司直》之『西塞雲山遠，東風道路長』、司空曙《金陵懷古》之『輦路江楓暗，宫庭野草春』、王涯《贈遠》之『鶯啼緑陰深，燕語雕梁晚』、張祜《故宫》之『故國三千里，深宫二十年』之類亦時見之，蓋五言古中本時有對句也。

近體詩五絶最不易作，其最佳者節短韵長，包涵無盡，實屬一字不能移易。故通體皆宜注意，不僅在一二字求工，深明此中甘苦者自能知之。

〔一〕夜，孟浩然《宿建德江》作『野』字。

# 己　七絶

七言絶句，沈歸愚謂『貴言微旨遠，語淺情深，如清廟之瑟，一倡而三嘆，有遺音者矣。斯爲正宗。開元之時，龍標、供奉允稱神品，外此高、岑起激壯之音，右丞多凄惋之調，以至「蒲桃美酒」之辭，「黄河遠上」之曲，皆擅場也。後李庶子、劉賓客、杜司勛、李樊南、鄭都官諸家托興幽微，克稱嗣響。』

又曰：『七言絶句，以語近情遥、含吐不露爲主。只眼前景、口頭語，而有弦外音、味外味，使人神遠，太白有焉。王龍標絶句深情幽怨，意旨微茫，「昨夜風開露井桃」一章，只説他人之承寵，而己之失寵，悠然可思，此求響於弦指外也。「玉顔不及寒鴉色」兩言，亦復優柔婉約。「秦時明月」一章，前人推奬之而未言其妙，蓋言師勞力竭，而功不成，由〔一〕將非其人之故，得飛將軍備邊，邊烽自熄，即高常侍《燕歌行》歸重「至今人説李將軍」也。防邊築城，起於秦、漢，明月屬秦，關屬漢，詩中互文。李滄溟推王昌齡「秦時明月」爲壓卷，王鳳洲推王翰「蒲挑〔二〕美酒」爲壓卷，本朝王阮亭則云：「必求壓卷，王維之『渭城』，李白之『白帝』，王昌齡之『奉帚平明』，王之涣之『黄河遠上』其庶幾乎？而終唐之世，亦無出四章之右者矣。」滄浪〔三〕、鳳洲主氣，阮亭主神，各自有見。愚謂：李益之「回樂峰前」，柳宗元之「破額山前」，劉禹錫之「山圍故國」，杜牧之「烟籠寒水」，鄭谷之「揚子江頭」，氣象稍殊，亦堪接武。詩有當時盛稱而品不貴者，王維之「白眼看他世上人」，張謂之「世人結交須黄金」，曹松之「一將功成萬骨枯」，章碣之「劉項原來不讀書」，此纖小〔四〕派也；張祜之「淡掃蛾眉朝至尊」，李商隱之「薛王沉醉壽王醒」，此輕薄派也。又有過作苦語而失者：元稹之「垂死病中驚起坐，暗風吹雨入寒窗」，情非不摯，成蹙蹶聲矣；李白「楊花落盡子規啼」，正不須如此説。』

宋漫堂云：『詩至唐人，絶句〔五〕盡善盡美。此真風騷之遺響也。各體有初、盛、中、晚之分，而七絶并堪不朽，太白、龍標絶倫軼群，龍標更有「詩天子」之號，少陵别是一體，殊不易學。宋、元以後，頗有名篇，較之唐人總隔一塵。』明王世懋謂：『于鱗選唐七

〔一〕由，《説詩晬語》中作『繇』字。
〔二〕挑，據前後文，應是『桃』之誤。《説詩晬語》作『萄』。
〔三〕浪，《説詩晬語》中作『溟』字。
〔四〕纖小，《説詩晬語》中作『粗』。
〔五〕絶句，《漫堂説詩》中爲『七言絶句』。

言絕句，取王龍標「秦時明月漢時關」爲第一，以語人，多不服。于麟止[一]擊節「秦時明月」四字耳。必欲壓卷，還當於王翰「蒲桃美酒」，王之渙「黄河遠上」二詩求之。』又曰：『晚唐詩萎薾無足言，獨七言絕句，其妙至欲勝盛唐。愚謂絕句覺妙，正是晚唐未妙處。其勝盛唐，乃所以不及盛唐也。絕句之源，出於樂府，貴有風人之致。其聲可歌，其趣在有意無意之間，使人莫可捉着，盛唐惟青蓮、龍標二家詣極，李更自然，故居王上。晚唐快心露骨，便非本色。』

按：諸家評論，雖略有异同，總之，唐時七絕，其能事盡矣。歸愚主格律，謹飭七絕，尤取婉約，故有纖小、輕薄之論調，然以意遺辭，各有所見，正不必執一以例其餘也。歸愚以『一將功成萬骨枯』爲粗派，謝枋得則曰：『仁人君子聞此詩者，必不以干戈立功名矣。』以『暗風吹雨入寒窗』爲蹙蹶聲，洪邁則曰：『嬉笑之怒，甚於裂眦；長歌之哀，過於慟哭。』此語誠然。元微之在江陵聞白樂天降江州作絕句云云，樂天以爲此句他人尚不可聞，況僕心哉？嗜好酸鹹本自不同，即此可見矣。

至七言絕句出於樂府及古詩，與五言絕同，秋谷《聲調譜》引李白《横江詞》云：『横江館前津吏迎，向余東指海雲生。郎今欲渡緣何事？如此風波不可行。』此樂府也。《山中問答》云『問余何事棲碧山？笑而不答心自閑。桃花流水杳然去，別有天地非人間。』此古詩也。其所謂拗體者，引《山中與友人對酌》云：『兩人對酌山花開，一杯一杯復一杯。我醉欲眠君且去，明朝有意抱琴來。』此拗體也。後二句諧，與《詩人玉屑》所引韋蘇州之『南望青山滿禁圍，曉陪鵷鷺正差池。共愛朝來何處雪，蓬萊宫裏拂松枝。』稱爲絕句變體，皆七絕所常有者，但非正格耳。

又如劉大勤問漁洋云：『謝茂秦論絕句之法，首句當如爆竹，斬然而斷，古人之作亦有不盡然者，何也？』答：『《四溟詩説》多學究氣，愚所不喜。此段亦不謂。然余觀四溟所云，凡起句當如爆竹，驟響易徹，結句當如撞鐘，清音有餘。鄭谷《淮上別友》詩「君向瀟湘我向秦」，此結如爆竹而無餘音。予易爲起句足成一首，曰「君向瀟湘我向秦，楊花愁煞渡江人。數聲長笛（一作風）離亭晚，落日空江不見君」。按原詩以「揚子江頭揚柳春」作起次句，以楊花句緊接，却是一氣相銜，正見其妙。秦韵句却饒有餘音，非如爆竹，茂秦易爲落日句，翻似説盡，及觀歸愚云：「落句不言離情，却從言外領取，與章左司《聞雁》詩同一法也。謝茂秦尚不得其旨，而欲顛倒其文，安問悠悠流俗。」可見古人，先得我心矣。』

茂秦又謂：『許用晦《金陵懷古》頷聯簡板對爾，頸聯當贈遠別者，似有戒慎意。若删其兩聯則氣象雄渾，不下太白絕句，然七律似此者多，不當語語占實，殊不必責丁卯此詩。』

---

〔一〕王世懋《藝圃擷餘》中，『止』字前有『意』字。

至論聲調抑揚之法云：『夫平仄以成句，抑揚以合調。揚多抑少則調勻，抑多揚少則調促。若杜常《華清閣》詩：「朝元閣上西風急，都人長楊作雨聲。」上句二入聲抑揚相稱，歌則爲中和調矣。王昌齡《長信秋詞》「玉顔不及寒鴉色，猶帶昭陽日影來。」上句四入聲相接，抑之太過，下句一入聲，歌則疾徐有節矣。』

又曰：『平仄四聲有清濁抑揚之分，試以「東」「董」「棟」「篤」四聲調之「東」字平平直起，氣舒且長，其聲揚也。「董」字上轉，氣咽促然易盡。「棟」字去而悠遠，氣拾愈高，其聲揚也。「篤」字下入而疾，氣收斬然，其聲抑也。夫四聲抑揚，不失疾徐之節，惟歌詩者能之，而未知所以妙也。非悟何以造其極？非喻何以得其狀？譬如一鳥徐徐飛起，直而不迫，甫凌半空，翻若少旋拾翮，復向一方，力竭始下，塌然投於林中矣。七言八句亦然。』（張蕭亭論音節頓挫，其於抑揚之音與謝同）其論四聲用法，施之於七絶尤合，蓋絶句本宜歌也。

若七言絶押仄韻者，如岑參《酒後歌》之『酒泉太守能劍舞，高堂置酒夜擊鼓。胡笳一曲斷人腸，座上相看泪如雨』，《武威送劉判官磧西行軍》之『天山五月行人少，看君馬去疾如鳥。都護行營太白西，角聲一動胡天晚[一]』，杜甫《黄河》之『黄河南岸是吾蜀，欲須供給家無粟。願驅衆庶戴君王，混一車書弃金玉』，柳宗元《夏書偶作》之『南州溽暑醉如酒，隱几熟眠開北牖。日午獨覺無餘聲，山童隔竹敲茶臼』之類，不如五絶之多。宋魏野《等隱者不遇》之『尋真誤入蓬萊島，香風不動松花老。采芝何處未歸來，白雲滿地無人掃』，則爲世傳誦矣。

對句則老杜尤多，如《覓松樹子》之『欲存老蓋千年意，爲覓霜根數寸栽』、《漫興》之『顛狂柳絮隨風舞，輕薄桃花逐水流』『蒼苔濁酒林中静，碧水春風野外香[二]』之類，此下二句對也。上二句對者，則《蹔作》之『謝安舟楫風還起，梁苑池臺雪欲飛』、《絶句》之『兩個黄鸝鳴翠柳，一行白鷺上青天』、《解悶》之『沈范早知何水部，曹劉不待薛郎中』之類。《漫成》之『江月去人只數尺，風燈照夜欲三更。沙頭宿鷺聯拳静，船尾跳魚撥剌鳴』，則四句皆對矣。

太白少七律詩，而七絶對句則多，如《永王東巡歌》之『千巖烽火連滄海，兩岸旌旗繞碧山。初從雲夢開朱邸，更取金陵作小山』、《上皇西巡歌》之『地轉錦江成渭水，天回玉壘作長安』、《酬崔侍御》之『自是客星辭帝座，原非太白醉揚州』、《軍行》之『城頭鐵鼓聲猶震，匣裏金刀血未乾』之類。其尤奇特者，則《見鵑花》之『一叫一回腸一斷，三春三月見三巴』，亦似對句矣。

---

[一] 晚，據《岑嘉州詩箋注》，應作『曉』字。
[二] 香，據《杜詩群注》，應作『昏』字。

有謂『絶句四句亦須有起、承、轉、合法』（范德機説），『夫起、承、轉、合不爲無法，但不可泥』，漁洋於律詩云。然又云：『起、承、轉、合，章法皆是如此，不必拘定第幾聯、第幾句。律、絶分别，未之前聞。如只四句，正不能以此法細爲分按也，如對句爲流水對者，尚可指定，否則將何法以分别之？總之，用意措詞但任意之自然所至而已。』

楊載《詩法家數》云：『絶句之法要婉曲迴環，删蕪就簡，句絶而意不絶。多以第三句爲主，而第四句發之。有實接，有虚接，承接之間，開與合相關，反與正相依，順與逆相應，一呼一吸，宫商自諧。大抵起、承二句固難，然不過平鋪叙起爲佳，從容承之爲是，至如宛轉變化，工夫全在第三句，若於此轉變得好，則第四句如順流之舟矣。』余最服膺是説，蓋七絶每注意末句須有含蓄，有遠音，實則承第三句而伸言之，或反言之，使其意可玩味而得。故關鍵全在第三句也，若用對句則又一法矣。

以上將各體詩之作法略揭，大要已嫌辭費，四言、六言，今之作者蓋寡，從略。

# 五、詩之命意

作詩首在命意，無論寫景言情、感時托興，務須立定宗旨，安排妥貼，不使於本意外插入無謂語句。一則可以自達所見，一則不至使讀者茫然不知其意之所在。故詞意兼至者，上也；意至而詞微不逮，亦不失爲高品；詞工而意稍不屬，終鮮神味，善乎。劉貢父之言曰：『詩以意義爲主，文詞次之。意深義高，雖文詞平易，自是奇作。世人見古人語句平易，仿效之而不得其意義，便入鄙野可笑，此深得作詩之要旨矣，故作詩者能以意馭詞，不强詞就意，則選材精密，措詞的當，自無淩亂及浮濫之弊。』

王世懋《藝圃擷餘》曰：『每一題到，茫然思不相屬，幾謂無错，沉思久之，如瓴水去窒，亂絲抽緒，種種縱横坌集，却於此時要下剪裁手段，寧割爱，勿貪多。又如數萬健兒，人各自爲一營，非得大將軍方略，不能整頓攝服，使一軍無嘩。』吾故曰軍之主將也，詩之主意也。

又曰：『作詩者，初命一題，神情不屬，便有一種供給應付之語。畏難怯思，即以充役，故不得再佳，此蓋意旨未定。故選材無從入手，即免庸濫亦必枯澀也。』

雖然，用意之法亦非一端所能盡，有一篇之意，有一句之意，有言外之意，有不盡之意。一篇之意者，綱領具而條理明也；一句之意者，字句適而意議〔一〕達也；言外之意者，味其迹而得其神也；不盡之意者，語有盡而意無窮也。東坡云：『詩不可以言語求而得，必將觀其意焉。』曾子固曰：『詩當使一覽無遺，語盡而意不窮。』楊誠齋云：『詩有句中無其辭而句外有其意者。』魏慶之引《室中語》云：『作詩必先命意，意生則思生，然後擇韵而用，如驅奴隸，此乃以韵承意，故首尾有序。』又曰：『凡作詩須命終篇之意，切勿先得一句一聯，因而成章，如此則意多不屬。』楊載云：『立意要高古渾厚，有氣概，要沉著，忌卑弱淺陋。』又曰：『寫意要意中帶景，議論發明。』古人於作詩命意一再言之，皆足導作詩者之先路也。

〔一〕議，應是『義』字之訛。

又讀《六一詩話》云：『聖俞嘗語余曰：「詩家雖率意，而造語亦難。若意新語工，得前人所未道者，斯爲善也。必能狀難寫之景，如在目前，含不盡之意，見於言外，然後爲至也。賈島云：『竹籠拾山果，瓦瓶擔石泉。』姚合云：『馬隨山鹿放，難逐野禽棲』等，是山色荒僻，官況蕭條，不如『縣古槐根出，官清馬骨高』爲工也。」余曰：「語之工者固如是，狀難寫之景，含不盡之意，何詩爲然？」聖愈曰：「作者得於心，覽者會以意，殆難指陳以言也。雖然，亦可略道其仿佛若嚴維『柳塘春水漫，花塢夕[一]遲』，則天容時態，融和駘蕩。豈不如在目前乎？又若温庭筠『雞聲茅店月，人迹板橋霜』，賈島『怪禽啼曠野，落日恐行人』，則道路辛苦，羈旅愁思，豈不見於言外乎？」』此詞意兼至者也。

《白石道人詩説》曰：『語貴含蓄。』東坡云『言有盡而意無窮』者，天下之至言也。山谷尤謹於此，清廟之瑟，一唱三嘆遠矣哉，後之學詩者可不務乎？若句中無餘字，篇中無長語，非善之善者也。句中有餘味，篇中有餘意，善之善者也。又曰：『意中有景，景中有意。』又曰：『詞意俱盡者，急流中截後語，非謂詞窮理盡者也，意盡詞不盡者，意盡於未當盡處，則詞可以不盡矣，非以長語益之者也。至如詞盡意不盡者，非遺意也，詞中已仿佛可見矣。詞意俱不盡者，不盡之中，固已深盡之矣。』此兼詞意兩言之也。

《石林詩話》曰：『七言難於氣象雄渾，句中有力而紆徐，不失言外之意。自老杜「錦江春色來天地，玉壘浮雲變古今」與「五更鼓角聲悲壯，三峽星河影動摇」等句之後，常恨無復繼者。韓退之筆力最爲杰出，然每苦意與語俱盡，《裴晋公破蔡州回詩》所謂「將軍舊壓三司貴，相國新兼五等崇」，非不壯也，然意亦盡於此矣，不若劉禹錫《賀晋公留守東都》云：「天子旌旗分一半，八方風雨會中州。」語遠而體大也，此言詩宜語盡意不盡也。

《詩人玉屑》引義山《錦瑟》詩曰：『山谷道人讀此詩，殊不曉其意，後以問東坡，東坡曰：「此出《古今樂志》，云錦瑟之爲器也，其弦五十，其柱如之。其聲也適、怨、清、和。」按李詩，「莊生曉夢迷蝴蝶」，適也；「望帝春心托杜鵑」，怨也；「滄海目[二]明珠有泪」，清也；「蓝田日暖玉生烟」，和也。一篇之中，曲盡其意。史稱其瑰邁奇古，信然。』此則云立意深遠也。（考《許彦周詩話》載，章子厚亦疑此詩，有令狐楚侍人能彈此四曲，詩中四句狀此四曲也，其説略同。）又引韓愈《贈同游》詩：『唤起窗全曙，催歸日未西。無心花裏鳥，更與盡情啼。』山谷曰：『吾兒時每哦此詩，而了不解其意，自謫陝川，吾年五十八矣，時春晚，憶此詩，方悟之。「唤起」「催歸」，二鳥名也，若虚設，故人不覺耳。古人於小詩用意精深如此，况其大者乎？催歸，子規鳥也；唤起，聲如絡緯，圓轉

[一] 遺漏『陽』字，應為『花塢夕陽遲』。
[二] 目，應爲『月』字。

清亮，偏於春曉鳴，亦謂之「春唤」。』此則云用意精深也。

魏泰《臨漢隱居詩話》曰：『詩惡蹈襲古人之意，亦有襲而愈工若出於己者。蓋思之愈精，則造語愈深。』魏人章疏云：『禍不盈皆，禍將溢世。』韓愈則云：『歡華不滿眼，咎責塞兩儀。』李華《吊古戰場文》曰：『其存其没，家莫聞知。人或有言，將信將疑。娟娟心目，夢寐見之。』陳陶則云：『可憐無定河邊骨，猶是深閨夢裏人。』蓋愈工於前也，是古人之意未嘗不可襲，在取其精妙處而善於運用耳。《漁隱叢話》曰：『「天街小雨潤如酥，草色遥看近却無。最是一年春好處，絶勝烟柳滿皇都。」此退之早春詩也。「荷盡已無擎雨蓋，菊殘猶有傲霜枝。一年好處[一]君須記，正是橙黄橘緑時。」此子瞻初冬詩也。意同而辭殊，皆曲盡其妙。』是意同辭异，正不嫌其襲取耳。

總之，用意之法在人，神而明之，變而通之，或用正寫，或用反托，或趨平易，或尚艱深，能一氣銜接，前後照應，不着呆語，不涉膚詞，斯爲善矣。故引古人命意之説以供研究云。

[一] 處，蘇軾《贈劉景文》詩作『景』字，『景』是。

# 六、詩之使事

古人作詩吟咏性情，本不以使事爲貴，然古[一]今來積事既多，即非有意用事，亦不免與古人相合。如古人之一語一言，當時固無所取材，後人用之，即爲使事，固不必明用典實也。且執不貴使事之説，反使空疏者有所掩飾，而讀書博識者轉無所用其長，故作詩不能不使事，但能不爲事使，則用古事若己出，何嘗汩没性靈耶？視堆砌故實、滿幅錦繡者，固已异矣。

鍾嶸《詩品》曰：『吟泳性情，亦何貴於用事。「思君如流水」，既是即目；「高臺多悲風」，亦唯所見；「清晨登隴首」，羌無故實；「明月照積雪」，詎出經史？古今勝语，多非補假，皆由直尋。大明、泰始中，文章殆同書抄，邇來作者，浸以成俗，遂乃句無虚語，語無虚字，拘攣補衲，蠹文已甚。』是言詩不貴用事也。

王世懋《藝圃擷餘》曰：『今人作詩，必入故事。有持清虚之説者，謂盛唐詩即景造意，何嘗有此？是則然矣。然以一家言，未盡古今之變也。古詩，兩漢以來，曹子建出而始爲宏肆，多生情態，此一變也。自此作者多入史語，然不能入經語。謝靈運出而《易》辭、《莊》語，無所不爲用矣。剪裁之妙，千古爲宗，又一變也。中間何、庾加工，沈、宋增麗，而變態未極。七言猶以閑雅爲致。杜子美出而百家稗官，都作雅音，馬浡牛溲，咸成鬱致，於是詩之變極矣。子美之後，而欲令人毁靚妝，張空拳，以當市肆萬人之觀，必不能也。其援引不得不日加而繁。然病不在故事，顧所以用之何如耳？善使故事者，勿爲故事所使。如禪家云：「轉《法華》，勿爲《法華》轉。」使事之妙，在有而若無，實而若虚，可意悟不可言傳，可力學得不可倉卒得也。』是言詩不能不用事，但以善於用事爲貴耳。

《滄浪詩話》曰：『詩有别材，非關書也；詩有别趣，非關理也。然非多讀書，多窮理，則不能極其至。盛唐詩人惟此興趣，近代諸公以文字爲詩，以才學爲詩，以議論爲詩，夫豈不工？終非古人之詩，且其作多務使事，不問興致，用字必有來歷，押韵必有出處，

[一] 疑『古』字後脱『往』字。

讀之反覆終篇，不知着到何處。』此亦以不使事爲貴也。

《詩人玉屑》云：『邢子才曰：「沈侯文章，用事不使人覺，若胸臆語。祖孝徵曰：沈詩云：「崖傾護石髓」，此豈用事耶！按：坡詩「神山一合五百年，風吹石髓堅如鐵」，乃嵇康王烈事；則「崖傾護石髓」，非不用事也。』《西清詩話》云：『杜少陵謂：「作詩用事，要如禪家語，水中着鹽，飲水乃知鹽味。」此説詩家秘要也，如「五更鼓角聲悲壯，三峽星河影動摇」，人徒見凌轢造化之工，不知乃用事也。《禰衡傳》：「撾《漁陽摻》，聲悲壯。」《漢武故事》：「星辰動摇，東方朔謂民勞之應。」則善用事者，如捕風捉影，豈有迹耶？』宋之問『源水看花入，幽林采藥行。』上句用淵明《桃花源記》，下句用龐德公入山采藥事。譚竟春謂『用事清逸而不覺』。此皆言使事而不見使事之迹也。

總之，鍾嶸、嚴羽之説爲拘於使事之形迹言，一則曰殆同書抄，一則曰多務使事，不問興致，善使事者亦非鍾、嚴二公所不取也，惟使事既爲後人所不可廢，其使事方法則不可不知，兹擇古人評論最要者言之。

有用其事而隱其語者，如老杜『男兒既介胄，長揖别上官。』『婦人在軍中，兵氣恐不揚。』用『介胄之士不拜』及『軍中豈有女子乎』是也。

有用其意及用其語者，如李義山『海外徒聞更九州』，其意則用楊妃在蓬萊山，其語則用鄒子『九州之外更有九州』是也。

有妙於用事者，如元祐中，元夕，上御樓觀燈，有御製詩。蔡持正問王禹玉云：『應製詩如何使故事？』禹玉曰：『鼇山、鳳輦外，不可使。』章子厚笑曰：『此誰不知。』後兩日，上獨賞禹玉詩，云『妙於使事』。則句爲『雙鳳雲中扶輦下，六鼇海上駕山來』是也，然亦有所本。《對床夜話》云：『商隱《題新創河亭》云：「何〔一〕鮫縱玩難爲室，海蜃遥驚耻化樓。」不過蛟室、蜃樓耳，而點化如此。』世稱王禹玉鳳輦、鼇山之句，本此意也。

如用事天然，則東坡《招持服人游湖不赴》云『頗憶呼盧袁彦道，難邀駡坐灌將軍』是也。用事親切，則東坡《和李公擇》詩云『自笑餐氈典屬國，來看换酒謫仙人』是也。用事精確，則宋祁《落花詩》：『將飛更作回風舞，已落猶成半面妝。』漁隱云：『若回風舞無出處，則對偶偏枯，不爲佳句。』殊不知李賀有『落花起作回風舞』是也。（余按：以昌谷詩對徐妃事尚覺偏枯，不如用『麗娟唱回風曲，庭花皆翻落』事爲佳，見《洞冥記》。）

李商隱作詩喜用故實，號爲『獺祭』，一篇中用事極多。故《詩人玉屑》云：『作詩須飽儲材料。傳稱：任昉用事過多，屬辭不得

〔一〕何，應作『河』字。

流便。余謂昉詩所以不能傾沈約者，乃才有限，非事多之過。坡集有全篇用事者，曷嘗不流便哉！』趙甌北亦謂：『坡公熟於《莊》《列》、諸子及漢、魏、晉、唐諸史，故隨所遇，輒有典故以供其援引，此非臨時檢書者所能辦也。』又曰：『坡公借稗官脞説遣悶，不覺闌入用之，而不知已爲後人開一方便法門。』是玉溪、坡公皆善使事也。

甌北又謂：『放翁以律詩見長，名章俊句，層見疊出，令人應接不暇。使事必切，屬對必工；無意不搜，而不落纖巧；無語不新，而不事塗澤。古體詩引用書卷，皆驅使出之，而非徒以數典爲能事。』是放翁亦善於使事也。

魏泰《臨漢隱居詩話》曰：『黄庭堅作詩得名，好用南朝人語，專求古人未使之事。』《詩人玉屑》引《東平雜録》云：『荆公賦《梅花》詩云：「肌冰綽約如姑射，膚雪參差是玉真。」兩句皆用古語，但易一如字爾。』是山谷、荆公亦善於使事也。豈獨少陵無一字無來歷哉？

《劉賓客嘉話》云：『爲詩用僻字須有來處。宋考功詩云：「馬上逢寒食，春來不見餳。」嘗[一]疑此字，因讀毛詩鄭箋説蕭處，注云：「即今賣餳人家物。」六經中，惟此注中有「餳」字，緣明日是重陽，欲押一「糕」字，尋思六經中竟未見有「糕」字，不敢爲之。常訝杜員外「巨顙折[二]老拳」，疑「老拳」無據。及覽《石勒傳》「卿既遭孤老拳，孤亦飽卿毒手」，豈虚言哉？後輩業詩，若非有據，不可率爾道也。』也可見善使事者，雖一字必求其所出也。

雖然，使事必求其融化，不覺堆砌。范景文《對床夜語》云：『前輩云：「詩家病使事太多，蓋皆取其與題合者類之，如此乃是編事，雖工何益。」（按：此是荆公語）李商隱《人日》云：「文王喻復今朝是，子晋吹笙此日同。舜格有苗旬太遠，周稱流火月難窮。鏤金作勝傳荆俗，翦彩爲人起晋風。獨想道衡詩思苦，離家恨得二年中。」正如前語，若《隋宫》詩云：「玉璽不緣歸日角，錦帆應是到天涯。」又《籌筆驛》云：「管樂有才原不忝，關張無命欲何如？」則融化斡旋如自己出，精粗頓异也。』

又云：『李商隱《賈誼》詩云：「可半[三]夜半虚前席，不問蒼生問鬼神。」韓偓云：「如今冷笑東方朔，唯用詼諧侍漢皇。」又「長卿祇爲長門賦，未識君臣際會難」，皆反其事而言之。是時，韓在翰林，故出此語，視李爲切。故同一事，而反正各异，口吻不同者，正借古人之事爲己用耳，豈可死於句下乎。

又義山有時不及老杜，亦因貪使故事。范景文又云：『詩用古人名，前輩謂之「點鬼簿」，蓋惡其爲事所使也。如老杜「但見文翁

[一] 嘗，《劉賓客嘉話録》中作「常」字。
[二] 折，應爲「拆」字。杜甫《義鶻》詩爲「巨顙拆老拳」。
[三] 半，李商隱《賈生》詩爲「可憐夜半虚前席」，應作「憐」字。

能化俗，焉知李廣不封侯」「今日朝廷須汲黯，中原將帥憶廉頗」等作，皆借古以明今，何患乎多？李商隱集中半是古人名，不過因事造對，何益於詩？至有一篇而叠用者，如《茂陵》云：「玉桃偷得憐方朔，金屋修成貯阿嬌。誰料蘇卿老歸國，茂陵松柏夜[一]蕭蕭。」此猶有微意。《牡丹》詩云：「錦幃初見衛夫人，綉被猶堆越鄂君。石崇蠟燭何曾翦，荀令香爐可待熏。」不切甚矣。』多用故實，此西昆體所以見譏於世也。

然亦有誤用事者，王維詩：『衛青不敗由天幸，李廣無功緣數奇。』不敗由天幸乃霍去病，非衛青。李白詩：『山陰道士如相訪，爲寫黄庭换白鵝。』乃《道德》非《黄庭》也（或云右軍亦寫《黄庭經》）。名人恒多此失，老杜之『弟子貧原憲，諸生老伏虔』，是誤『伏勝』爲『服虔』也。『不聞夏殷衰，中自誅褒妲』，是『夏殷』當作『殷周』也。古人詩時有之，未易一一數也。

有失事實者，杜牧詩『一騎紅塵妃子笑，無人知是荔枝來』尤膾炙人口。據《唐紀》，明皇以十月幸驪山，至春即還宫，是未嘗六月在驪山也，荔枝盛暑方熟，詞意雖美而失事實矣。有用事失照管者，荆公詩『望夷宫中鹿爲馬，秦人半死長城下』，一二世事，一始皇事，且指鹿事不在望夷宫中，前後失於照管。有用事重叠者，韓熙載詩『風柳摇摇無定枝，陽臺雲雨夢中歸。他年蓬島音塵絶，留取尊前舊舞衣。』既言陽臺，又言蓬島，未免重叠。有率爾用事者，李端於郭曖席上賦詩，其警句云：『新開金埒看調馬，舊賜銅山許鑄錢。』乃比鄧通耳，既非令人，又非美事，何足算哉？凡用故事，多以事淺语熟，更不思究，率爾用之，往往有誤。凡此間引魏慶之所稱述，使事者可不慎乎？

要之使事之法，在精於選擇材料，運用之時須舉重若輕，不着痕迹，能達吾意而不爲事所束縛，造句尤不宜稍涉牽强。若拘於對偶，同一事而字句顛倒，却於義即不可通，寧使舍置，别事搜求。如用古人成語入詩，尤須上下相稱，不宜偏枯，此使事方法之要義也。在讀書博識者，固較容易驅使，然隨時隨地皆有材料，化朽腐爲神奇，人雖弃而我取，何必專使僻事，如喬子曠之稱『狐穴詩人』哉。

[一] 夜，李商隱《茂陵》詩爲『雨』字。

# 七、詩之屬對

詩之有對偶，不獨律體爲然，古詩中亦時時有之，所謂文語有奇，必有偶，固不必有意以偶對爲工也。王銍謂：『四六者，詩賦之苗裔也。』可見駢儷之文，亦從詩賦得來。詩之宜於對偶也，明矣。葉少蘊《石林詩話》曰：『魏、晉間詩，尚未知聲律對偶，然陸雲相謔之詞，所謂「日下荀鳴鶴，雲間陸士龍」，乃指爲的對。至「四海習鑿齒，彌天釋道安」之類不一。乃知此體出於自然，不待沈約而後能也。』是晉人駢語，如《世説新語》所固足爲行文之助，如上所述，并天然詩語矣。

且魏晉以來，雖律體未興，而時有對仗工整、音調鏗鏘之句，開後代律詩之蹊徑。劉宋時，顔、謝五言且有通體偶句者，沿及陳、隋，則宛然律句矣。初唐漸趨緻密，迨沈、宋起，而律詩成對偶之法乃益工。先是上官儀説如詩有六對，一正名對，天地日月是也；二同類對，花葉草芽是也；三連珠對，蕭蕭赫赫是也；四叠聲對，黄槐緑柳是也；五叠韵對，彷徨放曠是也；六雙擬對，春樹秋池是也。又曰：『詩有八對，一的名對，「送酒東南去，迎琴西北來」是也；二异類對「風織池間樹，蟲穿草上文」是也；三雙聲對「秋露香佳菊，春風馥麗蘭」是也；四叠韵對「放蕩千般意，遷延一介心」是也；五連緜對「殘河若帶，初月如眉」是也；六雙擬對，「議月眉欺月，論花頰勝花」是也；七回文對「情新因意得，意得逐情新」是也；八隔句對「相思復相憶，夜夜泪沾衣。空歎復空泣，朝朝君未歸」是也。（此亦名「扇對」。）』雖未免近於拘束，然已發其義矣，且詩家以使事爲工，則選材屬對固爲作詩之能事，但總須工而能稱，巧而不纖，最上者須字字有來歷，如上述杜老之『五更鼓角聲悲壯，三峽星河影動摇』，宋祁之『將飛更作回風舞，已落猶成半面妝』，荆公之『肌冰綽約如姑射，膚雪參差是玉真』是也。中有一字落空即屬微瑕，《韵語陽秋》曰：荆公嘗有詩云：『功謝蕭規慚漢第，恩從隗始詫燕臺。』或謂公曰：『蕭何萬世之功，則「功」字固有來處，若「恩」字未見有出也。』荆公答曰：『韓集鬥雞聯句，孟郊云：「受恩慚始隗。」則知荆公詩用法之嚴如此。』（《曾艇齋詩話》誤爲問『隗始』二字不及『恩』字。）惟此類故實雖出一事，而後人但知本典，不復搜求旁證，往往失之。如潘岳《閑居賦》『面郊後市』，後則多用『面城』。《管寧傳》：『坐一木榻，當膝處皆穿。』後則習用『藜床』，皆出於庾信《小園賦》，此最不容易經心者。又云：『錢起《送屈突司馬》曰：「星飛龐統驥，箭發魯連書。」人多稱其工，余恨「龐統驥」出處無「心」〔一〕字，而「鲁連書」有「箭」字也。』是『恩』字有出處，故對『功』字爲的當，『星』字無出處，故對『箭』字爲偏枯耳。蓋使事於對偶關係尤切，必如下棋，然滿盤無一閑子而後可。

若屬對能天然巧合，銖兩悉稱，如楊誠齋云：『盧陵有金地寺，盧陵丞某留題云：「今朝甜息來金地，何日翱翔到木天。」觀者嘆其的對。』因以金地對木天也。東坡得章質夫書，遺酒六瓶，書至而酒亡，因作詩寄之曰：『豈意青州六從事，化爲烏有一先生。』以青州從事對烏有先生，二句渾然一意，無斧鑿痕，所以爲佳。東坡《雪詩》：『凍合玉樓寒起栗，光搖銀海眩生花。』荆公以示婿蔡卞，六〔二〕曰：『此不過形容雪色耳。』公曰：『爾何知？玉樓肩名，銀海眼名，并見道書，故佳也。』

《詩人玉屑》曰：『對句法，人不過以事、以意、以出處具備謂之妙。荆公曰：「平日離愁寬帶眼，迄今歸思滿琴心。」』『帶眼』『琴心』是的對，又東坡之『見説騎鯨游汗漫，亦曾捫虱話辛酸』，一大一小而口吻相稱，是真出於以事、以意之外者。

《石林詩話》曰：『詩之用事，不可牽强，必至於不得不用而後用之，則事詞爲一，莫見其安排鬥湊之迹。蘇子瞻嘗作人挽詩曰：「豈意日斜庚子後，忽驚歲在巳辰年。」此乃天生作對，不假人力。温庭筠詩亦有用甲子相對者，云：「風捲蓬根屯戊巳，月移松影守庚申。」兩語本不相類，其題云：「與道士守庚申，時聞西方有警事。」邂逅適然，固不可知。』然以其用意附會觀之，疑若得此而就爲之題者。又曰：『前輩詩材，亦或預爲儲蓄，然非所當用，未嘗强出。子瞻手題：「人言盧杞是奸邪，我覺魏徵真嫵媚。」詩中未見此語，則固無意於必用矣。』

以上諸對句固屬『文章本天然，妙手偶得之』，倘欲强詩就對，則必離意益遠，但見雕繪滿眼，無復規矩從心，故《白石道人詩説》云：『花必用柳對，是兒曹語。』上述上官儀之説正可不必拘也。否則但求工對，不顧義理，如唐彦謙詩爲楊億、劉筠所喜，其《題漢高廟》云：『耳聞明主提三尺，眼見愚民盗一坏〔三〕。』皆以歇後作對，『一坏〔四〕土』，事無兩出或可略，三尺律，三尺喙皆可，何獨劍乎？『耳聞明主』『眼見愚民』，尤不成語。《石林詩話》已糾其失矣。

又有二句用一意作對者，《韵語陽秋》曰：『梅聖俞律詩，於對聯十字做一意者甚多。如《碧瀾亭》詩云：「危樓喧晚鼓，驚鷺起

〔一〕心，據文意，應是『星』字之訛。
〔二〕六，據文意，應是指蔡卞，當作『卞』字。
〔三〕坏，據《全唐詩》，應作『抔』字。
〔四〕坏，據《全唐詩》，應是『抔』字。

寒汀。」《初見淮山》云：「朝來汴口望，上喜見淮山。」《送俞駕部》云：「何時鷁舟上，遠見壚[二]峰迎。」《送張子野》云：「不知從此去，當見復何如。」《和王尉》云：「度鳥不曾下，新文誰寄評。」《晝寢》詩云：「及爾寂無慮，始知機盡空。」如此者不可勝舉，詩家謂之「十字格」。今人用此格者殊少也。老杜亦時有此格，如《放船》詩云：「直愁騎馬滑，故作泛舟回。」；《對雨》云：「不愁巴道路，恐濕漢旌旗。」《江月》云：「天邊長作客，老去一沾巾。」」此即嚴滄浪所謂十字對，引劉昚虛「滄浪千萬里，日夜一孤舟」是也，又如「文章千古事，得失寸心知」等句。詩中着此一聯，便覺生動。

又有十四字對，滄浪引劉長卿「江客不堪頻北望，塞鴻何事又南飛」，此與羅隱之「只知事逐眼前去，不覺老從頭上來」、杜荀鶴之「乍可百年無稱意，難教一日不吟詩」均如一筆串成。《韵語陽秋》亦云：「律詩中間對聯，兩句意甚遠，而中實潛貫者，最爲高作。如介甫《示平甫》詩云：「家世到今宜有後，才士如此豈無時。」《答陳正叔》云：「此道未行身有待，古人不見首空回。」魯直《答彦和》詩云：「天於萬物定貧我，智效一官全爲親。」《上叔父夷仲》詩云：「萬里書來兒女瘦，十月山行冰雪深。」歐陽永叔《送王平甫下第》詩云：「朝廷失士有司耻，貧賤不憂君子難。」《送張道州》詩云：「身行南陽不到處，山與北人相對愁。」」如此之類，與規規然媲青對白者，相去萬里矣。此皆一氣相生，所謂「流水對法」，不獨宋詩中極多，此格唐人詩中亦往往有之。

又起聯首句押韵，而與次句作對者，律絶皆有之。如五律——王維之「雲館接天居，霓裳侍玉除」「寂寞掩柴扉，蒼茫對落暉」，五絶——盧綸之「鷲翎金僕姑，燕尾綉蝥弧」、柳宗元之「千山鳥飛絶，萬徑人蹤滅」是也。七律如老杜之「老去悲秋强自寬，興來今日盡君歡」「風急天高猿嘯哀，渚清沙白鳥飛回」「背郭堂成蔭白茅，緣江路熟俯青郊」「竹裏行园洗玉盤，花邊立馬簇金鞍」、東坡之「喜逢門外白衣人，欲膾湖中赤玉鱗」「二八佳人細馬馱，十千美酒渭城歌」「紫李黄瓜村路香，烏紗白葛道衣凉」，七絶——老杜之「糁徑楊花鋪白氈，點溪荷葉叠青錢」「青春欲盡急還鄉，紫塞寧論尚有霜」「社稷蒼生計必安，蠻夷雜種錯相干」、李白之「錦水東流繞錦城，星橋北挂象天星」「洞庭湖西秋月輝，瀟湘江北早鴻飛」、東坡之「青鳥街巾久欲飛，黄鶯别主更悲啼」「天上麒麟豈混塵，籠中翡翠不由身」「陶令思歸久未成，遠公不出但聞名」是也。

又「扇對」一名「隔句對」，第一句與第三句對、第二句與第四句對。各體皆有之，如杜甫《哭台州司户蘇少監》之「得罪台州去，時危弃碩儒。移官蓬閣後，谷貴歿潛夫」、東坡《和鬱孤臺》之「邂逅陪車馬，專芳謝朓洲。凄凉望鄉國，得句仲宣樓」、鄭谷《吊僧詩》之「幾思聞静話，夜雨對禪床。未得重相見，秋燈照影堂」、楊炯《和崔司空傷姬》之「昔時南浦别，鶴怨寶琴弦。今日東

[二] 壚，梅聖俞《送俞駕部》詩爲「遠見爐峰迎」，應作「爐」字。

方至，鸞销珠鏡前』、鄭谷《寄裴員外》之『昔年共照松溪影，松折溪荒僧已無。今日還思錦城事，雪消花謝夢何殊』、《苕溪漁隱》引唐人詩之『去年花下流連飲，暖日夭桃鶯亂啼。今日江邊容易別，淡烟衰草馬頻嘶』是也。

又有以戲對出之者，雖巧而失之纖，未可取以入詩。如周必大《二老堂詩話》曰：『余爲禮部侍郎，一時長貳，每會食，多戲舉詩對。或曰：「薔薇刺刺花奴手。」「刺刺」皆側聲。人謂：「難對。」余曰：「鴻雁行行鳥迹書。」又云：「『半夏禹餘糧。』借雨爲禹，涼爲糧也。宜以何對？」余曰：「『長春佛見笑。』蓋藥多〔二〕及花名也。」吏部張待郎因云：「此雅對耳。更有通俗之句，如往年胡邦衡多髯，初除吏部郎官，或以『胡銓髯吏部』爲戲，莫能對者。」是時，姚憲令則以司農少卿兼權户侍在坐，余謂令則君嘗爲浙憲，豈復遠使，欲借以趁對云：「姚憲遠提刑。」蓋借「姚」爲「遥」也。吏部尚書兼侍講程大昌講筵，退入部，司官問：「今日講何經？」曰：「《尚書》。」或又曰：「尚書講《尚書》，亦詩句也。」屬余對之，余曰：「行者留行者。」坐中大笑。』是與陳亞、蔡襄之『陳亞有心終是恶，蔡襄無口便成衰』，羅隱、顧雲之『青蠅被扇扇離席，白澤遭釘釘在門』，周益公之『金柑玉版笋，銀杏水晶葱』，洪邁之『沙地馬蹄鱉，雪天牛尾貍』，某官之『螺頭新婦臂，龜甲老婆牙』（四皆海物名）及温飛卿之『金步摇』對『玉條脱』、『蒼耳子』對『白頭翁』。與荆公作集句，得『江州司馬青衫濕』句，欲以全句作對，久而未得，一日問蔡天啓，可對甚句，天啓應聲曰：『梨園弟子白發新。』均可作酒後茶餘談諧之助，若真以此類入詩，不涉太纖，即爲傷雅，其可乎哉？

玉溪詩：『今日惟觀對屬能。』而西昆效之，如楊億《南朝》之『步試金蓮波濺襪，歌翻玉樹涕沾衣』，《無題》之『祇待傾城終未笑，不曾亡國自無言』，《成都》之『漫傳西漢祠神馬，終見南陽起卧龍』，劉筠《館中新蟬》之『翼薄乍舒宫女鬢，蜕輕全解羽人尸』，《無題》之『藻井風高蛛壞網，杏梁春晚燕争泥』，《柳絮》之『平沙千里經春雪，曠陌三條盡日風』等語，亦非盡使用僻事，語多難曉，但傳楊億《漢武》之『力通青海求龍種，死諱文成食馬肝』，以爲義山不能過，抑獨何耶？矧『青海』『文武〔三〕』，并非工對也。

又對句取材，必求隱稱，若用經語對詩詞語，秦漢對近代事，則草衣卉服登清廟明堂，市井屠沽雜冠裳劍佩，太覺不倫，不必如荆公云『用漢人語，止可以漢人語對，參以异代語，便不相類』，然亦不可不選擇良材，例如東坡《惠州白鶴觀新居将成》詩：『左卿豈是歸來鶴，次律寧非過去僧。』一用薛用弱《集异記》，一用鄭處誨《明皇雜録》（甌北云『見柳子厚《龍城録》』），斯爲善焉。

又有借對法，如孟浩然之『厨人具雞黍，稚子摘楊梅』，太白之『水舂雲母碓，風掃石楠花』，借『楊』爲『羊』，借『楠』爲

〔二〕多，應爲『名』字，《二老堂詩話》作『名』。
〔三〕武，據上文，應爲『成』字。

『男』。又如荆公之『自喜田園安五柳，但嫌尸祝擾庚桑』，人稱的對，公笑曰：『伊但知柳桑爲的對，然庚亦是數，蓋以十日數之也。』崔峒之『因尋樵子徑，偶到葛洪家』，皆假其色，以爲假對勝的對。又杜牧之『杜若芳洲翠，嚴光釣瀨喧』『當時物議朱雲小，後代聲名白日懸』，一借『杜』爲姓，一借『朱』爲色。然不如沈佺期《回波詞》之『身名已蒙齒録，袍笏未復牙緋』，借『録』爲『緑』，不落痕迹。杜甫之『竹葉於人既無分，菊花從此不須開』，『竹葉』乃酒名，一虚一實而不覺其假借之爲愈也。

總之，屬對之法不可不切，不可過拘。與其勉强，毋寧自然。倘一句中兩使故事，二句中一使故事，但求字面之工對，不知脉落之未通，銖兩之不稱者，皆宜切避者也。其他屬對之方法，尚非一言所能罄，不備舉。

# 八、詩之下字

積句成章，積字成句，作詩之法須從下字着功夫。一字不苟，便成佳句，往往有極佳詩料，一字稍不得力，通體即減少韵味。又有尋常詞句，一字下得精核，即能點鐵成金，故最要者在選字，尤要者在詩眼，詩眼下得好，句中之情意神態均能表露，不可率爾也。

《韵語陽秋》曰：『《摭言》載，賈島初赴名場，於驢上吟「鳥宿池邊樹，僧敲月下門」。遇京兆尹韓吏部，呼唱而不覺，洎擁至馬前，則曰：「欲作『敲』字，又欲作『推』字，神游詩府，致衝大官。」愈曰：「作『敲』字佳矣。」是時，島識韓已久矣，使未相識，愈豈肯教其作敲字。』即「敲」字即詩眼也。

宋張表臣《珊瑚鈎詩話》曰：『陳無己先生語予曰：「今人愛杜甫詩，一句之內，至竊取數字以仿象之，非善學者。學詩之要，在乎立格、命意、用字而已。」《贈蔡希魯》詩云：「身輕一鳥過」，力在一「過」字；《徐步》詩云：「蕊粉上蜂須」，功在一「上」字，兹非用之精乎？』

《漁隱叢話》云：『詩句以一字爲工，自然穎异不凡，如靈丹一粒，點鐵成金也，浩然云：「微雲淡河漢，疏雨滴梧桐。」上句之工在一「淡」字，下句之工在一「滴」字，若非此兩字，亦烏得爲佳句也哉！如陳舍人偶得杜集舊本，文多脱誤，至《送蔡都尉》詩云：「身輕一鳥」，其下脱一字。陳公因與數客各用一字補之，或云「疾」，或云「落」，或云「起」，或云「下」，莫能定。其後得一善本，乃是「身輕一鳥過」。陳公嘆服。』

《詩人玉屑》引《詩眼》云：『「李太白詩：「吴姬壓酒勸客嘗。」見新酒初熟，江南風物之美，工在「壓」字。老杜《畫馬》詩：「戲拈秃筆掃驊騮。」初無意於畫，偶然天成，工在「拈」字。柳詩：「汲井漱寒曲。」工在「汲」字。工部又有所喜用字，如「修竹不受暑」「野航恰受兩三人」「吹面受和風」「輕燕受風斜」，受字皆入妙。老坡尤愛「輕燕受風斜」，以謂燕迎風低飛，乍前乍却，非受字不能形容也。』范景文《對床夜語》云：『王荆公謂老杜「暝色赴春愁」下得「赴」字大好，若云「見」字、「超」字，即小兒言語。（按：此句乃皇甫冉詩，荆公誤記也。）岑參云：「『愁雨懸空山。』『懸』字不易及。」』

《詩法家數》云：『下字或在腰，或在膝，在足，最要精思，宜的當。』又云：『字眼在第三字，「鼓角悲荒塞，星河落曉山」「江蓮摇白羽，天棘蔓青絲」「竹光團野色，舍影漾江流」；字眼在第二字，「屏開金孔雀，褥隱綉芙蓉」「碧知潮[二]外草，紅見海東雲」「坐對賢人酒，門聽長者車」；字眼在第五字，「兩行秦樹直，萬點蜀山尖」「香霧雲鬟濕，清輝玉臂寒」「市橋官柳細，江路野梅香」；字眼在第二、五字者，「地坼江帆穩，天清木葉聞」「野潤烟光薄，沙暄日色遲」「楚設關河險，吴吞水府寬」。』《詩人玉屑》引潘邠老云：『七言詩第五字要響，如「返照入江翻石壁，歸雲擁樹失山村」，如「翻」字、「失」字，是響字也。五言詩，第三字要響，如「圓荷浮小葉，細麥落輕花」，「浮」字、「落」字，是響字也。所謂響者，致力處也。予竊以爲字字當活，活則字字自響。』此皆注意於詩眼一字。（《詩法家数》字眼在第二、五字，則兩字也）是以詩中着一動詞，譬如畫龍點睛，便覺通體活動，耐人尋味也。

句中有用兩詩眼者，二字非一意連屬，不可此[三]例。七言尤夥，錢惟演詩：『雪意未成雲着地，秋聲不斷水連天。』『着』字即從上『未成』意來，『連』字即從上『不断』意來。陸放翁『瓶花力盡無風墜，爐火灰深到曉温。』『墜』字、『温』字緊接上『盡』字、『深』字。『微雨已收雲盡散，衆星俱隱月徐行。』『收』『隐』承上『雨』『星』言，『散』『行』承上『雲』『月』言，雖各有所屬，而『雲盡散』即承『雨已收』，『月徐行』即承『星俱隱』，脉絡分明，斷不能截爲兩橛。又如近人《揮麈拾遺》載王曉滄詩：『四面山雲扶塔立，五更海月破潮來。』用一『扶』字、一『破』字爲『立』字、『來』字伏綫，字字聯絡，竟無他字可以勝之。『風自横来帆側受，石當中立水分流。』不但動詞有力，且副詞亦互相連屬，此種句法最爲完善，舉一可以反三，善自探索可矣。

矧古今詩家對於用字之法，且不獨動詞爲然。宋周紫芝《竹坡詩話》云：『詩人造語用字，有着意道處，頗露風骨。如滕元發《月波樓詩》：「野色更無山隔斷，天光直與水相連」是也。只一「直」字，便是着力道處，不惟語稍峥嶸，兼亦近俗。何不云「野色更無山隔斷，天光自與水相連」，爲微有蘊藉，然非知之者不足以語此。』《石林詩話》云：『詩人以一字爲工，世固知之，惟老杜變化開合，出奇無窮，殆不可以形迹捕。如「江山有巴蜀，棟宇自齊梁」，遠近数千里，上下數百年，只在「有」與「自」兩字間，而吞納山川之氣，俯仰古今之懷，皆見於言外。《滕王亭子》「粉墻猶竹色，虚閣自松聲」，若不用「猶」與「自」兩字，則餘八字凡亭子皆可用，不必滕王也。此皆工妙至到，人力所不可及，而此老獨雍容閑肆，出於自然，略不見其用力處。』其他如宋郊之『向晚舊灘都浸月，遇寒

[二] 潮，《詩法家數》作「湖」字。
[三] 此，疑爲「比」字。

新水便生烟』、放翁之『賣困不靈仍喜睡，送窮無術又来歸』，則出力處在『都』『便』『仍』『又』字，此善於運用副詞者也。

又如形容詞、名詞，亦每以一字見長。《詩人玉屑》引陶岳《五代補〔一〕》云：『鄭谷在袁州，齊己攜詩詣之。有《早梅》詩云：「前村深雪裏，昨夜數枝開。」谷曰：「數枝非早也，未若一枝。」齊己不覺下拜。自是士林〔二〕爲「一字師」。』又引《王直方詩話》曰：『「壁門金闕倚天開，五見宫花落古槐。明日扁舟滄海去，却將雲氣望蓬萊。」此劉貢父詩也，自館中出知曹州時作。舊云「雲裏」，荆公改作「雲氣」。』《唐子西文録》曰：『作詩自有穩當字，第思之不到耳。皎然以詩名於唐，有僧袖詩謁之，皎然指其《御溝》詩云：「此波涵聖澤，「波」字未穩，當改。」僧怫然作色而去。僧亦能詩者也，皎然度其去必復來，乃取筆作「中」字，掌中握之以待。僧果復來，云：「欲更爲「中」字，如何？」皎然展手示之，遂定交。』《温公續詩話》云：『魏野詩有「燒葉爐中無宿火，讀書窗下有殘燈。」仲先既没，集其詩者，嫌「燒葉」貧寒太甚，故改「葉」爲「藥」，不惟壞此一字，乃并一句亦無氣味。所謂求益反損也。』此又從實字注意下字，便確切不移，且氣象境地均能一一現出，詩之一字不可苟也，如是夫。

又如《詩人玉屑》云：『蕭楚才知溧陽縣令時，張乖厓作牧。一日召食，蕭見公几案有一絶云：「獨恨太平無一事，江南閑煞老尚書。」蕭改「恨」爲「幸」，公出視稿而問曰：「誰改吾詩？」左右以實對。蕭曰：「公功高望重，奸人側目之秋，且天下統一，公獨恨太平，何也？」張答曰：「蕭弟一字之師也。」』此則易一字而面目全非矣。

又如《容齋隨筆》云：『王荆公絶句云：「京口瓜洲一水間，中間〔三〕祇隔數重山。春風又緑江南岸，明月何時照我還？」吴中士人家藏其草，初云「又到江南岸」，圈去「到」字，注云「不好」，改爲「過」字，復圈去而改爲「入」，又改爲「滿」，凡如此十餘字，始定爲「緑」。』『緑』字本形容詞而用如動詞，字面既鮮明，意思又周匝，精神全在一字矣。又載：『黄山谷詩：「歸燕略無三月事，高蟬正用一枝鳴。」「用」字初曰「抱」，又改曰「占」，曰「在」，曰「帶」，曰「要」，至「用」字始定。』蓋須對『略無』之同動詞，此字用致力之動詞，則銖兩不稱矣。『在』字可對，而太簡板，意已盡於句中，故得『用』字而後妥貼，淺者不易辨也。楊誠齋云：『詩有實字而善用之者，以實爲虚。杜云：「弟子貧原憲，諸生老伏虔。」「老」字蓋用「趙充國請行，上老之」。』下此種動詞最有力量，與荆公之『緑』字以形容詞爲動詞相同也。

《石林詩話》云：『句中字下雙極難，須使七言、五言之間，除去五字、三字外，精神興致全見於兩言，方爲工妙。唐人記「水田

〔一〕脱『史』字，陶岳書爲《五代史補》。
〔二〕應脱『以谷』兩字，『以谷爲一字師』。
〔三〕中間，應作『鐘山』。王安石原詩如此，《容齋隨筆》亦無誤。

飛白鷺，夏木囀黃鸝」爲李嘉祐詩，摩詰竊取之，非也。此兩句好處，正在添「漠漠」「陰陰」四字，此乃摩詰爲嘉祐點化，以自見其妙。如李光弼將郭子儀軍，一號令之，精采数倍。不然，嘉祐本句但是咏景耳，人皆可到。當令如老杜「無邊落木蕭蕭下，不盡長江滚滚來」與「江天漠漠鳥飛去，風雨時時龍一吟」等，乃爲超絶。近世王荆公「新霜浦溆綿綿白，薄晚林巒往往青」與蘇子瞻「浥浥爐香初泛夜，離離花影欲摇春」，皆可以追配前作也。』（按：李嘉祐詩另有辨證）此種字尤在空際着力，使餘數字躍然欲出，非體會極精者，未易辨此。

總之，詩之下字，有一字較一篇爲難者。陳去非言唐人皆苦思，所謂『吟安一個字，撚斷數莖髭』，故造語皆工是也，兹故分述下字之法，以爲參證云。

# 九、論詩雜説

古人論詩，每有詩話之作。宋、明以降，其書綦繁閲者，固不暇一一寓目。即流覽所及，凡其識議，各有异同。長短之處，亦不易詳爲辨别。總之，其上焉者固足推闡精微，導揚風雅，然有時未免阿私所好，於异己者則排斥無遺，於是詩道亦啓門户黨争之見。其下焉者則爲釣譽沽名之舉，凡稍工韵語者，但得當代名流齒牙餘慧，即附庸於風雅之林，宵燭末光，玉屑餘瀝，不圖見之於詩。甚矣，詩道之窮也！即如研究詩學，又往往摘取一句一字，以論是非，於通體結搆未之能及，雖於作詩之法容或有裨益之處，然後人不睹全詩，未免拘牽於字句之間，而規規於迹，此即所謂斷章取義也。鍾嶸《詩品》雖多綜論其人之詩格，而品評亦未能悉當，前人已多論及之。《滄浪詩話》評一門，雖亦綜核時代及統一人之全詩居多，然拘於界限，如何漢、魏，如何六朝，如何盛唐、中唐、晚唐，幾有毫厘之不可混者，亦未免有按圖索驥之弊，故讀诗難，讀詩話尤難。前已節取諸家論詩之説，以資參證，兹再雜舉宋、元、明、清以來日常檢閲關于詩學而明白易曉者數條，藉作引申之助，雖未盡可從，庶或備論詩之一得云。

『學詩先除五俗，一曰俗體，二曰俗意，三曰俗句，四曰俗字，五曰俗韵。』

『有語忌，有語病，語病易除，語忌難除。語病古人亦有之，惟語忌則不可有。』

『須是本色，須是當行。』

『對句好可得，結句好難得，發句好尤難得。』

『發端忌作舉止，收拾貴在出場。』

『不必太着題，不必多使事。』

『押韵不必有出處，用事不必拘來歷。』

『下字貴響，造语貴圓。』

『意貴透徹，不可隔靴搔癢；語貴灑脱，不可拖泥帶水。』

「最忌骨董，最忌趁貼。」

「語忌直，意忌淺，脉忌露，味忌短，音韵忌散緩，亦忌迫促。」

「詩難處在結裹，譬如番刀須用北人結裹，若南人便非本色。須參活句，勿參死句。」

「辭氣可頡頏，不可乖戾。」

「律法難於古詩，絶詩難於八句，七言律詩難於五言律詩，五言絶句難於七言絶句。」

「學詩有三節：其初不識好惡，連篇累牘，肆筆而成；既識羞愧，始生畏縮，成之極難；及其透徹，則七縱八橫，信手拈來，頭頭是道矣。」

「看詩須着金剛眼睛，庶不眩於旁門小法。」

「辨家数如辨蒼白，方可言詩。」

「詩之是非不必争，試以己詩置之古人詩中，與識者觀之而不能辨，則真古人矣。」

——此嚴滄浪論《詩法》之説也。

「詩有九類：曰榮遇、曰諷諫、曰登臨、曰征行、曰贈別、曰咏物、曰贊美、曰賡和、曰哭挽。」

「如榮遇之詩，要富貴尊嚴，典雅温厚，寫意要閑雅，美麗清細，如王维、贾至諸公《早朝》之作，氣格雄深，句意嚴整，如宫商迭奏，音韵鏗鏘，真麟游靈沼，鳳鳴朝陽也。學者熟之，可以一洗寒陋。後來諸公應詔之作，多用此體，然多志驕氣盈。處富貴而不失其正者，幾希矣。此又不可不知。」

「諷諫之詩，要感事陳辭，忠厚悱惻。諷諭甚切，而不失性情之正，觸物感傷，而無怨懟之詞，雖美實刺，此方爲有益之言也。古人凡欲諷諫，多借此以喻彼，臣不得於君。多借妻以思其夫。或托物陳喻以通其意，但觀漢、魏古詩及前輩所作，未嘗有無爲而作者。」

「登臨之詩，不過感今懷古，寫景嘆時，思國懷鄉，瀟灑游適，或譏刺歸美，此一定之法律也。中間宜寫四面所見山川之景，庶幾移不動。第一聯指所題之處，宜叙説起；第二聯合用景物直説；第三聯合説人事，或感嘆古今，或議論，却不可用硬事，或前聯先説事感嘆，則此聯寫景亦可，但不可兩聯相同；第四聯就題主意發感慨，繳前二句，或説何時再來。」

『征行之詩，要發出凄愴之意，哀而不傷，怨而不亂。要發興以感其事，而不失情性之正。或悲時感時，觸物寓情方可。若傷[一]悼屈，一切哀怨，吾無取焉。』

『贈別之詩，當寫不忍之情，方見襟懷之厚。然亦有數等，如別征戍，則寫死別，而勉之努力效忠；送人遠游，則寫不忍別而勉之早回；送人仕宦，則寫喜別，而勉之憂國恤民，或訴己窮居而望其薦拔，如杜公「惟待吹嘘送上天」之説是也。凡送人多托酒以將意，寫一時之景以興懷，寓相勉之詞以致意。第一聯叙題意起；第二聯合説人事，或叙別，或議論；第三聯合説景，或帶思慕之情，或説事；第四聯合説何時再會，或屬付[二]，或期望。於中二聯，或顛倒前説亦可，但不可重複，須要次第。末句要有規警，意味淵永爲佳。』

『咏物之詩，要托物以伸意。要二句咏狀寫生，忌極雕巧。第一聯須直説題目，明白物之出處方是；第二聯合咏物之體；第三聯合説物之用，或説意，或議論，或説人事，或用事，或將外物體證；第四聯就題外生意，或就本意結之。』

『贊美之詩，多以憂喜頌禱期望爲意，用事宜的當親切。第一聯宜平直，或隨事命意叙起；第二聯意相承，或用事，必須實説本題之事；第三聯轉説要變化，或前聯不曾用事，此正宜用引證，蓋有事料則詩不空疏；結句則有期望之意，大抵頌德貴乎實，若褒之太過則近乎諛，贊美不及則不合人情，而有淺陋之失矣。』

『賡和之詩，當觀原詩之意如何，以其意和之，則更新奇。要造一兩句雄健壯麗之語，方能壓倒元、白。若又隨原詩脚下走，則無光彩，不足觀。其結句當歸着其人，方得體。有就中聯歸着者，亦可。』

『哭挽之詩，要情真事實。於其人情意深厚，則哭之；無甚情分，則挽之而已矣。當隨人行實作，要切題，使人開口讀之，便見是哭挽某人方好。中間要隱然有傷感之意。』

——此楊載《詩法家數》之説也。

『古詩與律不同體，必各用其體，乃爲合格。然律猶可間出古意，古不可涉律调。』

『詩貴意，意貴遠不貴近，貴淡不貴濃。濃而近者易説，淡而遠者難知。』

---

〔一〕傷，《詩法家數》作『傷亡』。

〔二〕屬付，同『囑咐』。

『詩必有具眼，亦必有具耳。眼主格，耳主聲。聞琴斷知爲第幾弦，此具耳也；月下隔窗辨五色綫，此具眼也。』

『唐人不言詩法，詩法多出宋。宋人於詩無所得，所謂法者，不過一字一句對偶雕琢之工，而天真興趣，則未可與道。』

『宋詩深，却去唐遠；元詩淺，去唐却近。顧元不可爲法，所謂取法乎中，僅得其下耳。』

『作詩不可以意徇辭，而須以辭達意。辭能達意，可歌可咏，則可以傳。』

『詩貴不經人道語。自有詩以來，經幾千萬人，出幾千萬語而不能窮，是物之理無窮而詩之爲道亦無窮也。』

『長篇中須有節奏，有操有縱，有正有變，若平鋪穩布，雖多無益。詩用實字易，用虚字難。唐人善用虚，其開合呼喚，悠揚委曲，皆在於此。用之不善，則柔弱緩散，不復可振，亦當深戒。』

『律詩起承轉合，不爲無法，但不可泥。詩韵貴穩，韵不穩則不成句，和韵尤難，類失牽强，强之不如勿和。善用韵者，雖和，猶其自作。不善用者，雖所自作，猶和也。』

『作詩必使老嫗聽解，固不可，然必使士大夫讀而不能解，亦何故耶？』

『人但知律詩起結之難，而不知轉語之難，第五、七句尤宜着力。詩在卷册中易看，入集便難看。古人詩集非大家數除選出者，鮮有可觀。』

——此節録李東陽之説也。

『吴修齡云：「詩之中須有人在。」余服膺以爲名言。夫必使後世因其詩以知其人，而兼可以論其世，是又與於禮樂之大者也。若言與心遠，而又與其時其地不相蒙也，將安所得知之而論之。』

『客有問於余者，曰：「唐、宋小説家所記，觀人之詩，可以决其年壽、禄位所至，有諸？」答曰：「詩以言志，志不可僞托。吾緣其詞以覘其志，雖傳所稱賦列國之詩，猶可測識也。矧其所自爲者耶？今則不然，詩特傳舍，而詞句過客也。雖使前賢復起，烏測其志之所在？」』

『凡一題数首者，皆須詞意相副，無有缺漏枝贅，其後先亦不可紊也。魏晋人詩分章者，尋其首尾如贯珠，然近人试爲兩首，都無次第，不潛心也。』

『始學爲詩，期於達意。久而簡淡高遠，興寄微妙，乃可貴尚。所謂言見於此，而起意在彼，長言之不足而咏嘆之者也，若相競以多，意已盡而猶刺刺不休，不憶祖咏之《咏終南積雪》乎？』

『句法須求健舉，七言古詩尤亟。然歌行、雜言中，優柔舒緩之調，讀之可歌可泣，感人彌深。（下略）』

『次韵詩以意赴韵，雖有精思，往往不能自由。或長篇中一二險字，勢難强押，不得不於數句前預爲之地，紆回遷就，以致文義乖違。雖老手有時不免。阮翁絶意不爲，可法也。』

『强爲七言長古詩者，如瞽者入市，唱叫不休。强爲五言短古者，如貧士乞憐，有言不盡，皆足以資笑噱。若近體詩之塗朱傅白，搔首弄姿者，勿與知可也。』

——此節録趙執信之説也。

『作詩以意爲主，以辭輔之，不可先辭後意。』

『毋論古律正體、拗體，皆有天然音節，所謂天籟也。』

『唐詩主情，故多藴藉；宋詩主氣，故多徑露。』

『若思自不可少，然人各有能有不能，各隨其性之所近，不可强同，如所謂「書檄用枚皋，典册重相如」是也。』

『格謂品格，韵謂風神。起承轉合，章法皆是如此。不必拘定第幾聯，第幾句也。』

——此節録王阮亭之説也。

『古人不廢煉字法，然以意勝，而不以字勝，故能平字見奇，常字見險，陳字見新，樸字見色。近人挾以鬥勝者，難字而已。』

『點染風花，何妨少爲失實。若小小送别，而動欲沾巾；聊作旅人，而便云萬里；登陟培塿，比擬華、嵩；偶逢庸人，頌言良哲；以至本居泉石，更懷遯世之思；業處歡娱，忽作窮途之哭。凖之立言，皆爲失體。』

『用意過深，使氣過厲，抒藻過穠，亦是詩家一病。』

『意主渾融，惟恐其露；意主蹈厲，惟恐其藏。究之恐露者味而彌旨，恐藏者盡而無餘。』

『援引典故，詩家所尚，然亦有羌無故實而自高，臚陳卷軸而轉卑者。假如作田家詩，只宜稱情而言乞靈古人，便乖本色。』

『詩中韵脚，如大厦之有柱石，此處不牢，傾折立見。故有看去極平，而斷難更移者，安穩故也。安穩者，牢之謂也。杜詩「懸崖置屋牢」，可悟韵脚之法。』

『律詩起句可不用韵，故宋人以來有入别韵者，然必於通韵中借入。如冬韵起句入東，支韵起句入微，豪韵起句入蕭、肴是也。若庚、青韵起句入真、文，寒、删韵，先韵起句入覃、鹽、咸，亂雜不可爲訓。』

『寫景寫情，不宜相礙，前説晴，後説雨，則相礙矣。亦不可犯復，前説沅、澧，後説衡、湘，則犯複矣。即字面亦須避忌，字同義异者，或偶見之，若字義俱同，必須更易。』

『古人同作一詩，不必同韵，即同韵，亦在一韵中，不必句句次韵也。自元、白創始，而皮、陸倡和，又加甚焉。以韵爲主，以意相從，有欲言不能通達矣。近代專以此見長，名曰「和韵」，實則趁韵。宜血脉横亘，句斷意斷也。有志之士，當不囿於俗。』

——此節録沈歸愚之説也。

『詩詞之界甚嚴，北宋人之詞，類可入詩，之〔一〕清新雅正故也；南宋人之詩，類可入詞，以流艷巧側故也。至元而詩與詞更無別矣。』

『作詩造句難，造字更難，若造境、造意則非大家不能。』

『今世，士惟務作詩，而不喜涉學，逮世故日膠，性靈日退，遂皆有江淹才盡之誚矣。』

『詩各有所長，即唐宋大家亦不能諸體并美。每見今之工律詩者，必强爲古詩、歌行以施其短，其工古體者亦然。是謂舍其所長，用其所短，心未嘗不欲突過名家、大家而卒至於不能成家者，此也。』

『詩可以作，可以不作，陸劍南六十年間萬首詩，吾以爲貽誤後人不少。』

——此節洪亮吉之説也。

綜上所舉，亦有雜見各節者，誠不免挂一漏萬、雜揉顛倒之嫌，然綜論各體詩之作法及古今作詩之得失，已略見大凡。可見論詩一道，非熟悉此中甘苦者，斷不能稱量以出之。是以善爲詩者，容或不必皆能論詩；而善論詩者，未有不能作詩者也。兹但節録就詩論詩之説，其他評論則從略焉。

---

〔一〕之，應爲『以』字，《北江詩話》作『以』。

# 結論

學詩一道，造詣不同，簡易精深，各有所見，所謂仁者見仁，智者見智。純乎本一己之性靈，以循赴古人之軌範，斷不能刻舟求劍，守株待兔，沾沾於迹象求之。故學詩者不可泥乎時代，亦不可拘乎家數，不可死於句下，亦不可悖乎法則。動静虚實因物而施，變化縱横緣情而定，此蓋自然之文學。苟能妙於運用之法，加以研煉之功，然後不傷於淺近，不失之膚庸，不陷於艱深，不囿於形迹，始可得詩學之真詮，然必先究歷代詩學之變遷，庶幾當時之體制，各家之派别，與夫古人所處之境遇及所藴之性情可以了然於目，了然於心，又從而研究其體格、規模、作法，融會貫通，隨所感而發爲詩歌，則讀古人詩仿佛如見其人，如見其所遇之境、所發之情。秋谷《談龍録》引吴修齡所謂『詩中須有人，乃得成詩』是也。自己作詩，亦處處有一我在，斷不至如吴氏所云『陳言剿句，萬篇一篇，萬人一人，了不知作者爲何等人』矣。如是則根抵已具要領，已得再進而詳究其古體、近體之區别，及命意、使事屬對、下字之法務使我心中所欲言者一一見之於詩，有左右逢源之樂，詞不露骨而耐人尋思，意必求真而不矜矯飾，人所多言我出之以寡，人所難言我出之以易，空靈而不流於泛，典實而不失之滯，其殆庶乎？且其先必由博然後返之約，凡古人之著述，一一皆經寓目以拓大其堂奥，再擇其性情吐屬之。與己相近者，爲之深致力焉，雖不必力摹古人，然借古人以陶鎔之，未始非進益之一道也，舉一反三，在學者能自得師而已矣。

# 參校書目

一、《先秦漢魏晋南北朝詩》，逯欽立輯校，中華書局，一九八三年版。
二、《文選》，（南朝梁）蕭統編，（唐）李善注，上海古籍出版社，一九八六年版。
三、《文心雕龍注》，（南朝梁）劉勰著，范文瀾注，人民文學出版社，一九五八年版。
四、《詩品箋注》，（南朝梁）鍾嶸著，曹旭箋注，人民文學出版社，二〇〇九年版。
五、《謝宣城集校注》，（南朝齊）謝朓著，曹融南校注，上海古籍出版社，二〇〇七年版。
六、《藝文類聚》，（唐）歐陽詢編，上海古籍出版社，一九八五年版。
七、《全唐詩》，（清）彭定求編，中華書局，二〇〇三年版。
八、《新唐書》，（宋）歐陽修、宋祁撰，中華書局，一九七五年版。
九、《岑嘉州詩箋注》，（唐）岑參著，廖立箋注，中華書局，二〇〇四年版。
十、《李商隱詩歌集解》，（唐）李商隱著，劉學鍇、余恕誠集解，中華書局，二〇〇四年版。
十一、《蘇軾詩集》，（宋）蘇軾著，（清）王文誥輯注，孔凡禮點校，中華書局，一九八二年版。
十二、《山谷詩集注》，（宋）黄庭堅著，（宋）任淵等注，黄寶華點校，上海古籍出版社，二〇〇三年版。
十三、《山谷題跋》，（宋）黄庭堅著，屠友祥校注，上海遠東出版社，一九九九年版。
十四、《滄浪詩話校釋》，（宋）嚴羽著，郭紹虞校釋，人民文學出版社，一九六一年版。
十五、《藝苑卮言校注》，（明）王世貞著，羅仲鼎校注，人民文學出版社，二〇二一年版。
十六、《丹鉛總録箋證》，（明）楊慎撰，王大淳箋證，浙江古籍出版社，二〇一三年版。
十七、《歷代詩話》，（清）何文焕輯，中華書局，一九八一年版。

十八、《歷代詩話續編》，（清）丁福保輯，中華書局，二〇〇六年版。
十九、《清詩話》，（清）王夫之等撰，上海古籍出版社，一九七八年版。
二〇、《清詩話續編》，郭紹虞編選，富壽蓀校點，上海古籍出版社，一九八三年版。
二一、《説詩晬語箋注》，（清）沈德潛著，王宏林箋注，人民文學出版社，二〇一三年版。
二二、《養一齋詩話》，（清）潘德輿著，中華書局，二〇一〇年版。
二三、《北江詩話》，洪亮吉著，陳邇冬校點，人民文學出版社，二〇一九年版。
二四、《四庫全書總目》，（清）永瑢等撰，中華書局，一九六五年版。